Magical Explorer 4
Reincarnated as a Eroge
Hero's Friend, I'll live freely with my Eroge knowledge.
入栖
—Author
Iris
神奈月昇
—Illustration
Noboru Kannatuki
U0065919
魔法★探險家
轉生為成人遊戲萬年男二又怎樣，我要活用遊戲知識自由生活4
Kadokawa Fantastic Novels
魔探 攻略 路線
中

「簡直無法接受！
你真的惹我生氣了！」
加比
式部卿貝尼特．伊凡吉利斯塔的妹妹。成績優秀，外貌亮麗，但個性高傲又好強。有其溫柔的一面。

「我是社長兼總編，
也是月讀魔法學園的偶像，
名叫愛薇！」
愛薇
出版月讀學園報的校刊社社長。兔人族女性，總是情緒高昂。知曉三會的職責。

「式部會想必很辛苦，要加油喔。」
櫻瑠繪
設於月讀學園內的圖書館的圖書館員。在學園工作已久，個性溫柔且關心學生。喜歡占卜。

水守雪音
Yukine Mizumori

跑完目標距離，重獲自由的結花已滿身瘡痍。
聖結花
Yuika Hijiri

入栖
—Author
Iris
神奈月昇
—Illustration
Noboru Kannatuki
Kadokawa Fantastic Novels
魔法★探險家
—Title
Magical Explorer
轉生為成人遊戲
Reincarnated as a Eroge Hero's Friend,
萬年男二又怎樣,
我要活用遊戲知識
I'll live freely with my Eroge knowledge.
自由生活
4
—Volume

Chapter Select

目錄

Magical Explorer 4

Reincarnated as a Eroge Hero's Friend, I'll live freely with my Eroge knowledge.

瀧音幸助

於遊戲《魔探》中登場的友人角色，但是肉體中的精神是個熱愛成人遊戲的日本人。擁有特殊的能力。

琉迪

琉迪薇努・瑪莉・安潔・多・拉・多雷弗爾

妖精國度「多雷弗爾皇國」皇帝的二女兒。在遊戲《魔探》包裝封面登場的主要女角。

奈奈美

為輔佐迷宮之主而被創造出來的女僕。種族是罕見的天使。

花邑毬乃

遊戲舞台「月讀魔法學園」的學園長。在遊戲中鮮少登場，是個謎團重重的人物。

花邑初實

花邑毬乃的女兒，也是瀧音幸助的遠房表姊。基本上鮮少開口，感情不常顯露在臉上。月讀魔法學園的教授。

克拉利絲

擔任琉迪的護衛兼女僕的妖精族女性。個性認真且對主人忠誠，難以擺脫過去的失敗。

聖伊織

遊戲版《魔探》的男主角。外表平凡無奇，但只要善加培養就能成為遊戲中的最強角色。

聖結花

在遊戲包裝封面登場的主要女角，伊織的義妹。轉學進入月讀魔法學園就讀。

加藤里菜

在《魔探》的遊戲包裝登場的主要女角。個性好強不服輸，在意自己的平胸。

Character

Magical Explorer 4

莫妮卡

莫妮卡・梅爾傑迪斯・馮・梅比烏斯

擔任「學生會」的「會長」，身為「魔探三強」其中一人，也是登場於遊戲包裝的主要女角。

絲蒂法

絲蒂法妮亞・斯卡利歐嘉

擔任「風紀會」的會長職「隊長」。來自法國的聖女，美麗和善而廣受學園生愛戴，但是……？

貝尼特

貝尼特・伊凡吉利斯塔

擔任「式部會」的會長職「式部卿」。受到學園生厭惡，但在成人遊戲玩家之間很受歡迎。

芙蘭

芙蘭齊斯卡・艾姮・馮・格奈森瑙

擔任「學生會」的「副會長」。個性非常認真的女性，視雪音與紫苑為競爭對手。

水守雪音

人稱「魔探三強」之一，官方作弊角色其中一人。擔任風紀會副會長。

姬宮紫苑

擔任「式部會」的副會長職「式部大輔」。平常不穿制服，總是穿著和服，身懷主要女角級的實力。

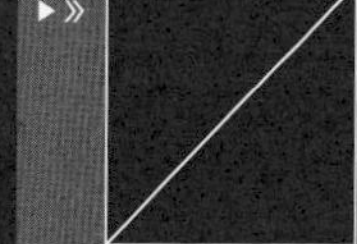

路易賈

月讀魔法學園的教師。缺乏金錢觀念，欠花邑家錢。初實的學姊，學生時代曾一起下迷宮。

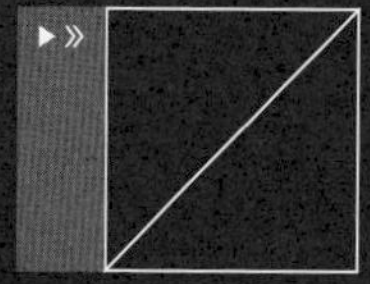

第一章 日常

我過去不曾有過如此充實的感受。

也許是獨自攻略迷宮的反作用或是從中得到的經驗，又或者是心態改變，在我眼中這個世界的日常生活變得更加色彩繽紛了。至於為何色彩繽紛，理由不言自明。因為有琉迪、學姊、奈奈美，有大家在我身旁。

我一定要把這個交給為我點綴世界的她們……一定要……一定……

稍等一下。

「與其擺在學園前方的廣場上，我認為設置於校門附近更能提升注目程度。」

「有道理……！」

「稍等一下。」

「怎麼了嗎，主人？」

「幸助？」

奈奈美與姊姊表情一派認真，琉迪則是傻眼地注視這兩人。

這狀態讓我深感不安。

我原本有相當重大的事項要向她們提起，但在開口之前應該先確認。

「妳們到底在幹嘛？」

面對上頭寫著估價單和許多個零的文件，奈奈美和姊姊正在討論。姊姊的表情看起來也許一如往常，但是我看得出來這是她認真時的表情。

「沒什麼，只是為了紀念主人立下史無前例的紀錄，要為您打造一尊銅像。」

哦？什麼嘛，原來是銅像啊。我原本想像更誇張的事，讓我稍微放心了。

「傻瓜，妳在說什麼啦，銅像也太羞人了吧？又很浪費錢，不用不用♪」

當然我不需要銅像，但是一想到留下了值得討論設立銅像的實績，我也非常高興，努力有了回報。

「主人這麼開心真是太好了。銅像的名稱就叫奈奈美大滿貫可以嗎？」

「是妳的銅像喔！不是我的？」

創下紀錄的明明是我吧！為什麼要設立奈奈美的銅像啊！雖然奈奈美的銅像絕對比我好看，但這時應該選我吧？

「奈奈美在開玩笑，真的是幸助你的銅像。」

太好了，我放心了。再怎麼說也該是我的銅像嘛。不過——

「是喔，是我的銅像喔？好開心。不過真的不需要。」

「只是，雖然學園已經批准設置銅像，費用上……」

妳們也聽聽我的意見。話說……

「如果這是真的，我可能必須找毬乃小姐抱怨幾句。」

為什麼能得到批准？

那個人可是學園長兼理事長的獨裁者，要取得許可當然就是找她。是說為什麼她會批准設置啊？

「『如果把我這個學園長的銅像設置在小幸的銅像旁邊，要我立刻撥出經費也不是不行……』她這樣胡說八道，但是應該立於主人身邊的當然是忠誠的女僕我。理所當然地，我已經一口回絕了。」

只要那樣就能馬上撥出經費喔？之後一定要跟毬乃小姐抱怨。絕對要。

「總之就是不行。銅像根本沒用吧？」

奈奈美輕聲嘆息，無奈地搖頭。

「……難得都計劃好了……真是遺憾。主人剛才那句話讓奈奈美分扣了五分。」

「奈奈美分又是什麼啦，奈奈美分？哎，算了。順便問一下，現在有幾分？」

「五億六千萬分。」

「那五分根本只在誤差範圍吧！」

如果妳身上帶著五億六千萬圓，會注意到少了一個五圓硬幣嗎？少了也絕對不會發現啦。

「真是令人驚嘆的精湛吐槽，主人得三千分。」

「這是什麼增加速度，只增不減吧……」

「順帶一提，上限是一百分。」

「上限根本就灌爆了嘛！」

「真不好意思～」

「又不是在稱讚妳……」

該被稱讚的反倒是能累積這麼多分的我。

「幸助，你放心。」

放心？完全無法放心，只充滿不好的預感。

「大姊姊分也已經突破八億分了。」

不妙，當這兩人湊在一起，吐槽都來不及……大姊姊分又是什麼？而且「大姊姊」又來了，這是怎麼回事？她之前也自稱過「大姊姊」，該不會她希望我這樣稱呼她吧？

雖然很難為情，姑且這樣喊她一次吧。

「這樣啊……謝了，大姊姊。」

「！剛才大姊姊分加了十億。」

「剛才主人的奈奈美分扣了五萬！」

「為何啊！」

「扣分只是玩笑話……唉。」

聽起來不像開玩笑啊。還是別追究了。

話說回來……該怎麼形容才好？該說是日常情景朝著我全力奔馳而來嗎？這傻里傻氣的生活真讓我懷念，畢竟我在迷宮裡過了一星期啊。

「回到正題，琉迪怎麼想？」

我把話題拋向靜靜旁聽的琉迪。

「咦？」

大概沒在聽我們說話，被我點名的琉迪面露困惑的表情看了看我，臉頰微微泛紅。

「琉、琉迪分一共是，那個，你懂吧…………？」

「呃，琉迪？」

「怎、怎怎怎怎樣啦？」

「為什麼妳會扯到分數？我是說銅像啦，銅像。」

琉迪稍微低下頭，嘀咕著：「什麼嘛，是那個喔。」

「銅像感覺太招搖了，我覺得不太好。」

喔，的確如此。真是了不起，快幫我對拿著估價單的兩人多說幾句。

「如果是Q版玩偶……」

「對嘛對嘛，換作Q版玩偶的話…………根本不用啦！」

雖然是很棒的點子，怎麼想都派不上用場吧！受到奈奈美影響了嗎？為什麼加入耍寶那一邊？拜託妳來支援我吐槽。

「就、就是說啊，只是開玩笑啦！」

「唉，這就算了。話說，學姊呢？」

「風紀會那邊好像有事，之後應該會和毬乃小姐一起回來。聽說是要在一年級生做出魯莽的行徑前，先做好各種防範對策。」

哦？做出魯莽行徑的傢伙啊。原來有這種人……話說我好像心裡有數。

「應該是因為幸助吧。」

「我想也是。之後道個歉好了。」

「雪音學姊大概不會在意就是了，還一副很開心的樣子。」

我們如此交談時，奈奈美和初實姊兩人再次表情認真地討論。

「……話說，奈奈美妳們在商量什麼事？」

「我必須坦承，這點子有如醍醐灌頂。我們應該做Q版玩偶。」

「我想要，一定會賣。」

「拜託，鐵定賣不出去。」

想要我的Q版玩偶的人……真的存在嗎？想太多了，絕對沒這種人。

「要做的話，選琉迪、姊姊或奈奈美還比較好吧？我也想要。」

「我、我的？」

「大姊姊……」

「為何需要Q版玩偶，本人不就在這邊嗎？」

三人的反應大相逕庭，而且其中有些發言我聽不太懂。

「琉迪的玩偶應該能大賣吧？ＬＬＬ瘋狂搶購。」

其實照片之類的正在粉絲之間高價轉手。

「喔……」

她一副很難接受的表情。差點忘記她滿討厭ＬＬＬ。

奈奈美操作綜合資訊終端機月讀（註：原譯為「月詠」，從本集起改為「月讀」）旅行家，口中呢喃著：「原來如此。」

「就是那群不懂主人多麼崇高的傢伙。我有想過要把他們的衛生紙換成砂紙。」

「逼人面對終極抉擇啊！」

屁股會染滿鮮血啦！

「乾脆真的這麼做。」

琉迪似乎依然相當氣憤。

突然間，奈奈美把月讀旅行家的畫面轉向姊姊，姊姊神情興奮地站起身，和奈奈美一同走出房間。

「對了……」

見到兩人離開我的房間，琉迪如此開口說道。

「剛才不是提到分數的事嗎？」

「喔，是沒錯。」

她面朝下方，不知為何臉頰有點發紅。她用右手玩弄髮絲，突然甩頭面向旁邊，稍微嚥下口中唾液。

「那個，如果我也有分數之類的東西，幸、幸助你一定是、是最高分！」

語畢，琉迪使勁站起身。

隨後快步走出房間……但在途中肩膀撞上門板，強忍著痛楚走出房門。

眉開眼笑的毬乃小姐和同樣開心的學姊回到家，我一吃完晚餐便筆直前往奈奈美的房間。

敲門後，奈奈美為我開門。

「主人，都這麼晚了是怎麼了？來來來，快點進來，可別凍壞了。」

「這裡是暴風雪時的山中小屋嗎？穿短袖的季節都快到了耶。」

「玩笑話就說到這邊吧。主人造訪此處的理由，只消用消去法便不言自明……就是夜襲吧？」

「妳用了哪門子的消去法？」

這應該是頭一個應該被消去的選項吧？呃，在成人遊戲中未必如此就是了。

「言歸正傳，主人找我有事嗎？」

奈奈美為我拉來椅子，我便坐下。

「不好意思，總之妳先看看這個。」

話說完，我取出數顆種子，擺在桌上。

一、二、三、四、五。從迷宮裡取得這一共五顆的種子。奈奈美見狀，輕聲倒抽一口氣。

剛才詼諧搞笑的氣氛頓時轉變，表情變得認真。

「……這該不會就是主人堅持在一星期內單人攻略四十層的理由？」

「沒錯，就是為了這個。」

真不愧是輔佐迷宮之主的女僕騎士。

奈奈美一看到種子，似乎馬上就理解了這是什麼，此外也猜到了取得方法。哎，雖然一星期這個期限無關，也沒必要特地指正吧。

「主人帶來了很驚人的道具呢。到底需要多少ＤＰ（迷宮點數）……這可是連迷宮之主都鮮少動用的罕見道具喔。」

「是這樣喔？」

「是的，就是這樣。沒想到居然會取得這個道具，真不愧是主人……但是，請主人先在這裡跪坐。」

語畢，奈奈美面露燦爛笑容，用手指向地面。

我先看了地面，再看向奈奈美的臉。

奈奈美先是收回手，隨後再度笑著指向地面。

「咦？為什麼？」

「廢話少說，主人請先跪坐。」

我理解到奈奈美有點動怒，便立刻跪坐。

「主人，我想你應該也明白，這些種子其實是非～常稀有的道具，就連我也感到吃驚的稀有道具。」

「呃，是。」

「從主人堅持單人攻破或四十層這個數字推測，主人也許原本就知道取得的方法？不，肯定原本就知道吧？我非常好奇您為何知道，但我就不多過問。不過——」

「不過？」

「為何要這麼亂來？唯獨這點我無法視而不見。」

奈奈美臉上掛著笑容，卻沒有笑意。她的表情確實能歸類於笑容，但是全身上下隱約散發著惱怒的氣氛。

「我、我有很亂來嗎？其、其實也不算太費力啦。」

我明白了她要我跪坐的理由。我這麼說試圖蒙混過關，但沒有效果。

「打個比方，銀行會把重要的錢收在哪裡？」

「哎，當、當然是萬無一失的金庫吧。」

「迷宮裡的道理也一樣。假設為了提升迷宮的價值而設置『可能性之種』，但同時迷宮之主也希望種子盡可能不被取走，那麼該如何設置才好？」

原來迷宮還有價值之分喔……哎，也沒必要打草驚蛇，或是不小心問了讓她為難的問題，目前還是別追問吧。

「呃，會增強保全吧。」

「就是如此。我已經事先調查過月讀學園迷宮了。恕我直言，我原本認為憑主人的實力在三十層大概剛好，要往更深處推進應該就有點辛苦。然而……」

「然而？」

「就我對主人的認知，我覺得主人應該會找出某些方法突破困境。即使如此——」

奈奈美直盯著我。

「要拿到這個肯定非同小可。」

事實正如奈奈美所說。因為我針對弱點使之弱化，又靠著不可思議的出神狀態才勉強擊倒，不過伊卡洛斯絕不是應當出現在那個樓層的頭目。我知道它的弱點是火屬性才勉強打倒，照理來說它是出現在八十層也不奇怪的怪物。

「主人明白嗎？絕對非同小可。除非突破非同小可的難關，否則絕不可能得到。這只是我的猜測，主人難道沒遇見高難度的迷宮房、陷阱房、高階頭目之類嗎？肯定有某些難關才對。」

「……」

完全被她說中了，無法反駁。

「為什麼主人沒有撤退？主人的身體僅此唯一，請好好珍惜自己……如果無論如何都非去不可，至少請帶我一起去……求求你。」

這句話直刺我的要害。過去我已經和奈奈美聊過不少，不過這大概是最沉重地壓在心頭上的一句話。

「……抱歉，我會注意。」

聽我這麼說，她的肩膀倏地垂下，輕笑後說：

「真的拜託主人當心……真是的，萬一主人死了，世界上就要多出一名流浪女僕了。請主人務必理解這一點。」

「流浪女僕是什麼啦？」

語畢，我面露苦笑。

可以去當其他人的女僕啊——腦中浮現這句話，但在說出口前吞了回去。這句話不能說出口。我保持沉默好半晌後，奈奈美要我坐到沙發上，對我低下頭。

「嗯，那個，主人真的明白的話就好。還有，非常不好意思，是我說過頭了……也許主人為此感到不快，若主人要懲罰我，還請儘管動手。」

聽奈奈美這麼說，我再度對她苦笑。

「……妳明明是出自擔心才這麼說，我為什麼有必要懲罰妳呢？」

「因為我怎麼說都只是一介女僕，照理並沒有資格對主人多加干涉。」

嗯，畢竟妳剛才還要我罰跪嘛。雖然我一點也不介意就是了。

「既然這樣，我就允許妳……日後妳想說什麼都可以大方告訴我。」

「……其實光是說出口，都是被商會捨棄也不足為奇的愚蠢行為。就女僕而言差勁透頂。」

「那我換個講法。妳願意這樣告訴我，願意為我操心，我很高興，謝謝妳。在妳的商會眼中也許是愚蠢的行為，但在我眼中是最棒的意見，而妳也是最棒的女僕。雖然大概沒機會見上一面，要是有機會，我會這樣告訴商會。」

我這麼說完，只見她的眼角稍微下垂，面露羞赧的柔和微笑。

「真傷腦筋，主人老是像這樣為自己加分。要不是我，可就危險了，鐵定心跳無止盡加速到變成永恆的命運。我好不容易撐住了，只有輕易被攻陷而已。」

「不是都被攻陷了嗎！而且分數又增加了喔……現在有幾分了？」

「我看看，有七百零三億分。」

「是喔，七百零三億啊～～七百零三～～？這不是增加超過百倍了嗎！在這麼短的時間裡發生什麼事了！」

「因為初實小姐剛才加了十億分，我也不能輸給她，就事先為主人灌了莫約數百億分。」

「咦咦……那樣也會加分喔……」

奈奈美用手掩嘴，嘻嘻笑著。見到她這樣的反應，我也跟著笑了起來。

「哎，先不管分數了。這也不算是要為讓妳擔心一事賠罪，妳就收下這個吧。」

說完，我拿起一顆可能性之種要遞給奈奈美。在這同時，奈奈美斂起笑容，眼神轉為銳利。

「主人這是在做什麼？就連迷宮之主都會視為貴重物品而小心設置的寶物，就這樣給我？主人現在神智混亂了嗎？自暴自棄嗎？請先讓思考冷靜下來。」

語畢，奈奈美試圖推開我的手。

「我很冷靜啊。我考慮到最後，結論就是最初的想法最好。」

當然我在衝進迷宮之前就已經事先設想了用途。

事實上我也考慮過把這個換成月讀點數，用來大量購買某些道具。但是比較起來，我更傾向於交給大家使用，而歷經迷宮的考驗後這種想法更加強烈。

「我想我能走到這一步都是多虧大家，要走向下一步，沒有大家也辦不到。」

況且我覺得強化大家的實力就等於強化我自己。

我一個人無法抵達的場所接下來還會接二連三出現吧，也會出現我一個人難以打倒的怪物，我想攻略的事件中也有很多無法獨力達成。

但是，優良的道具或高效率的獵場往往就位於這種地方。此外有些地方只要多人合作，就能高效率賺取經驗。

「就如同奈奈美所預料的，其實這座學園迷宮難度相當高。我已經深深體會到接下來獨自一人大概會寸步難行。」

我這麼說完，奈奈美就盯著我。雖然沒有說出口，但她想說的話已經傳達給我了。

「抱、抱歉。然後，這樣對奈奈美是很不好意思，我希望日後妳也能繼續幫助我，所以希望妳收下。」

我說完遞出種子，奈奈美看了便無奈地搖頭。

「這是在說什麼呢？之前我不是說過了嗎？我的置身之處就是主人所在之處。」

她站起身，行了一個有模有樣的屈膝禮。

「無論何時何地，我都是主人的女僕，不管發生任何事都不會動搖。」

奈奈美說完，拿起一顆種子。

「既然主人都做到這個地步了，我也別無選擇，現在就獻上我的一切。」

心意太沉重了啦！

「別講蠢話了，單純拿去就對了……」

「哎，好吧。其他人也已經拿到了嗎？」

「不，還沒有。」

我這麼說完，奈奈美歪過頭。

「到底為什麼……會第一個選上我？」

「因為日後我大概會最常找妳商量，也最常帶妳一起挑戰迷宮吧。想到這裡，有點不好意思啊，拖著妳到處跑。」

因為奈奈美能理解古代語，而且雖然她不太會提起，但她擁有迷宮的知識，想必有很多事能向她徵求意見吧。

而她也擁有充實的陷阱類技能，我特別需要她一起進迷宮，日後找她進迷宮的機會必然會增加。此外，學姊和琉迪身分是學園生，一旦有事也可能無法一起攻略迷宮。

「這樣啊，可以猜測我的信賴度已經達到難以想像的數字了……！」

「哎，信賴到無法用數字形容的程度。」

琉迪與學姊她們也一樣就是了。

奈奈美睜大了眼睛，像渴求氧氣的金魚，嘴巴不停開闔。

「……我、我剛才雖然說過七百零三億，實際上有著無法數值化的特別數字，換言之就是永恆級的信賴……」

「妳到底是在跟什麼較勁？」

而且完全聽不懂妳在講什麼喔。

「哎，玩笑話就先放一邊。話說，主人自己已經使用種子了嗎？」

「其實還沒有。」

「那麼現在兩個人一起使用吧。」

我也取出了自己用的種子，就要放進口中時……奈奈美突然喊停。

「主人知道嗎？這個種子其實在食用時有特別的方法。」

「……有這種事？」

「沒錯，正是如此。必須由主人親自餵女僕吃，女僕也要餵主人吃才……主人正對我投以非常狐疑的眼神。」

「呃，擺明了就是在亂講吧。」

「只要貫徹到底就等同真的。」

到。

「拜託，這不就承認是假的了？」

我吞下手中的種子後，奈奈美也把種子放進口中。身體上的變化……目前還感覺不

「不用擔心，之後效果肯定會顯現。重點是其他種子要怎麼處置？」

「嗯，我自己、奈奈美、琉迪、學姊是確定人選，再來就是……我想給克拉利絲小姐或姊姊。」

「這樣啊……算是妥當的選擇吧。」

「我稍微煩惱的是姊姊和克拉利絲小姐只能擇一，再來就是無法給毬乃小姐……」

「不，花邑毬乃才是最不需要種子的人物。那傢伙就由我向她說明，主人請去找琉迪小姐等人。」

我總是覺得奈奈美特別針對毬乃小姐顯露敵意。

「我懂了，那在這之後我就去大家的房間吧。」

「要夜襲的時候請算我一份。」

「我才不會。不要講些莫名其妙的話。」

兩個人一起去是要幹嘛？不要讓我吐槽。

我不理會若有所思的奈奈美，提出突然湧現心頭的疑問。

「這麼說來……」

「這麼說來怎麼了？」

「擺在桌上的那疊紙讓我很好奇，那是什麼啊？」

我這麼說著，將視線轉向桌上那疊紙張。

「喔喔，那個喔？那是……」

「是……？」

「……我正在構思如何處置瀕臨破產的路易賈小姐。」

「的確是個棘手的問題。」

在學園的考試中拚滿分好像還比較輕鬆。

「可是，真的就這樣而已？上面好像寫著人偶之類的文字……還有尺寸……」

「！好，擇日不如撞日，快去播種……不對，是把種子交給人家。」

「啊，喂……」

奈奈美硬是把我推出房間。

之後我便前往毬乃小姐的房間，在她的房門前敲門。

「哎呀，小幸怎麼了嗎？夜襲？」

「為什麼這個家裡的人思考模式都怪怪的啊？」

更正，也許只有某位女僕和毬乃小姐屬於異端。某個角度來說，姊姊也算是吧。

「開玩笑啦。話說，找我有事嗎？」

奈奈美剛才說她會來解釋，不過這種事不管怎麼想都是自己說清楚比較好，決定不給她就更是如此吧。

我將三顆可能性之種放到毬乃小姐面前，毬乃小姐立刻輕聲說：「哎呀。」

「哦～小幸帶著很驚人的東西呢。」

「是的，這是我取得的。」

毬乃小姐看到種子，依舊不改笑容。她不只理解了那是什麼，而且沒有顯露任何驚訝。

「毬乃小姐知道這是什麼，而且不吃驚嗎？」

「我心中數種預料之中，這是最教人吃驚的一種喔。別看我這樣，其實我非常驚訝，就連開玩笑的念頭都沒了。」

「……看起來不像有感到驚訝就是了。」

「我很吃驚喔～哎，吃驚的理由很複雜就是了……」

「很複雜……？」

「很複雜。其實我現在就想仔細對你說明，但這問題並非我一人就能定奪。」

換言之，不打算回答。

「所以呢？有話要對我說吧？」

我微微點頭。

「我正在猶豫，這個要交給誰。」

「哦～姑且一問，你自己已經用了吧？」

「已經使用了，我和奈奈美。」

「哦～～……」

這時毬乃小姐終於面露驚訝神色。

「小奈奈喔……那剩下的要怎麼處置？」

要是奈奈美在場，這稱呼絕對會惹怒她。

「這就是我想談的問題。我想把種子交給大家。」

「哦～有三顆吧。」

「是的，一共三顆，但也只有三顆。」

毬乃小姐的眼眸倏地瞇細。

「把你的想法說來聽聽。其實你要給的對象幾乎已經決定了吧？」

「哎，某種程度已經決定了……毬乃小姐還真懂我的想法，知道我大概決定了。」

「因為小幸的個性就是自己先仔細想過之後，才會找人商量吧？」

「話說我要送種子的對象啊……」

找人討論之前先想出一定程度的結論是應該的吧？哎，這不重要就是了。

「嗯嗯。」

「學姊和琉迪是確定人選，再來就是姊姊或克拉利絲小姐。至於沒給的那位和毬乃小姐，就等下次拿到再給。」

說到這裡，毬乃小姐伸手扶著臉頰，直盯著我，眼神充滿傻眼般的無奈。

「等等……你還想拿到更多嗎？」

「是啊，應該會再拿到吧。」

有幾種取得方法，最容易取得的就是素盞嗚武術學園事件的迷宮吧？在天照學園事件也能取得，但是距離現在還滿久的，而且如果情況允許，我不想扯上關係。伊織會不會幫忙解決啊？

此外，有些場所現在就能挑戰。不過就算找學姊她們一起去，情況肯定會比學園迷宮四十層更加艱辛。還有其他場所能取得。

毬乃小姐閉起眼睛，按著眼頭，輕嘆一口氣。不久，她抬起臉對我展露笑容。

「謝謝你，小幸♪不過，我不需要這個。畢竟現在的我就算使用也沒意義。」

我在腦海中反芻這句話。使用也沒意義？這是指……？

我試著仔細思索，但因為毬乃小姐靠上來擁抱我，思考立刻就消散了。

毬乃小姐很快就放開我，甜美地微笑。剛才感覺軟綿綿的。

「你想到要給我，我真的很開心。而且，那可是價格高得無法想像的貴重品喔。」

「……是這樣喔？」

「是啊，所以要說服對方收下大概會很費工夫。乾脆瞞著對方讓她吞下去可能也是一種手段。」

「不解釋就讓人吞下去？這樣反而比較難吧？」

「這個種子也沒多大吧？混在某些東西裡頭應該行得通。」

嗯，聽起來是不難啦。

「如果需要障眼法，我可以幫忙喔。」

「這就暫且先放一邊……再來就是要給姊姊或克拉利絲小姐其中一方……」

「啊，忘了還有這個問題。就給克拉利絲吧。初實她……她應該會說自己用不到或是排在後面也沒關係。」

「……姊姊會這樣說？」

「我也覺得之後再給初實無所謂。」

「為何？」

「因為初實對戰鬥能力的渴求似乎不強。哎，雖然這陣子想法似乎稍微變了。」

也對，她看起來對戰鬥能力的確沒什麼渴望。

「況且，也許小幸還不曉得，其實初實她非常厲害喔。就算克拉利絲、雪音、小幸、琉迪你們所有人聯手，短期間內也無法勝過拿出真本事的初實吧。」

我還以為我聽錯了。

贏不了姊姊？確實當下的學姊還沒有得到人稱魔探三強的實力，不同於在成為夥伴時就強得誇張的莫妮卡學姊，或成為夥伴時各方面就超乎常識的初代聖女，初始實力在中上程度。

不過我覺得目前的實力應該不差，也已經領悟了九頭龍，這樣的學姊和克拉利絲小姐聯手會輸給姊姊？

我曾經有幾次請姊姊陪我練習對打，的確在魔法的連環攻勢下敗北，但光是這樣就足以勝過克拉利絲小姐、學姊、我再加上琉迪嗎？

「初實很強喔。這不是說笑，是說真的。當然和我比還差得遠就是了。」

姊姊並非會成為夥伴的女角，我不知道她在遊戲中的數值。

不過，雖然不知道數值，姊姊在遊戲中身負傳授那招魔法給伊織的重責大任。那招魔法除了作弊外無法形容。既然有本事傳授，姊姊自己會無法使用那招魔法嗎？不，這絕對不可能。

況且姊姊她……

「所以要給的話，先給克拉利絲比較好，雖然我不知道她願不願意收下。如果你介意初實的心情，就先去問她吧。」

「好的……」

必須思考的事情太多了。毬乃小姐、姊姊以及與兩人都有關聯的花邑家，而且那說不定也與我有關。

「啊，對了對了，說到夜襲啊。」

「是的……啥？」

「最近初實晚上常常不在自己房間，而是在其他房間過夜，你自己多留意喔。」

我不由得嘆息。

去房間找她常常找不到人耶——毬乃小姐賊笑著這麼說。她大概全部都知道才故意跟我提起吧。在我看來完全是這樣。

姊姊晚上十之八九都在我的房間啊……

之後我和毬乃小姐又聊了幾句後就離開她的房間。為了整理想法，我走上樓梯想先回自己房間。途中，喀嚓一聲響起，奈奈美的房門開了，姊姊從裡面走出來。

…………奈奈美的房間？

「啊，姊姊。」

「嗯。」

姊姊面無表情，但是睡意看起來似乎比平常濃，好像一回到房間便會倒頭就睡。既然這樣，有話趁現在先和姊姊說比較好吧。

「姊姊，我有些話想說，睡前可以借點時間嗎？」

「可以。」

「那……也別在走廊上，回房裡談吧。」

姊姊點點頭，慢吞吞地邁開步伐，毫不猶豫地打開我的房門。緊接著把占據椅子的殺人鯨玩偶瑪麗安娜擺到床上，隨後把手伸向茶壺想沖泡飲料。

我制止她，表示由我來泡，這時突然想起。

奇怪？這裡是我房間吧？

琉迪和奈奈美也一樣，她們常常在我房間打發時間，該不會她們其實把我房間當成自己的房間？哎，是無所謂啦……

「你要說什麼？」

聽姊姊這麼說，我回過神來。

「差點忘了。」

泡好洋甘菊茶並端給姊姊後，我取出了可能性之種。

「很漂亮呢，第一次看到。」

「嗯……這叫可能性之種。」

姊姊的表情有了一瞬間的變化。

「真了不起，虧你能找到。在哪裡找到的？」

「嗯。在學園迷宮……然後我有件事要向姊姊道歉。」

「道歉？什麼事？」

我這次與姊姊對話是想告訴她我之後還是會給她種子，希望她現在先等等。原本就這麼單純而已，對話內容卻涵蓋了諸多領域。

我原本想表達心中的謝意。

雖然並非直接，姊姊總是間接支援我，在各方面也非常照顧我。

在我細數這些謝意時，不知為何打開了話匣子，開始談天說地，像是姊姊喜歡的電影和書；反過來也聊了我喜歡的電影和書。

經過一段漫長的交談，終於言歸正傳說出：「我希望也給姊姊一顆種子，下次找到了一定會給姊姊，希望姊姊能等我。」只見姊姊的眼角微微下垂。

她喝光杯中的洋甘菊茶，站起身緩緩走向我，坐到我身旁。

隨後伸手攬住我的脖子和頭。

「謝謝。不過大姊姊排在後面沒關係。因為本來就不怎麼想要，沒有也無所謂。」

「咦？可是……」

「因為有你，沒有也無所謂。」

之後她緊抱住我，撫摸我的頭。不久，她說「要睡了」便脫到只剩單薄的衣物，抱著瑪麗安娜鑽進被窩裡。

胸部和衝擊都很大，讓我只是愣愣地目睹這一切在我眼前上演，不過希望好歹也給我吐槽的機會。

姊姊，那張床和瑪麗安娜都是我的。

我走出自己的房間，接下來前往琉迪的房間。琉迪似乎還沒睡，身穿睡衣的她走出房門。

「這麼晚來找我，是怎麼了？」

「沒有啦，有點事。」

琉迪要我坐下，我便坐到綠色的沙發上。

琉迪的房間內大部分的用品都是她喜歡的綠色，無論窗簾、沙發或棉被。

她剛才大概在房裡休息，她一邊對我說一邊把書籤夾進書本，擺到身旁。她身穿的白色薄睡衣造型簡單，但有荷葉邊等可愛的裝飾，感覺有股莫名的嬌豔，又不失清麗。

「我有東西想給妳。」

「有東西想給我？」

「對，想給妳這個。」

我從手中的袋子裡取出三顆散發金光的細小種子。

「這是什麼？」

「呃，嚐起來很美味的零嘴……抱歉。」

我自己說著也覺得實在瞞不過去。眼神逐漸轉為懷疑的琉迪大概想法也相同吧。

「……這怎麼可能嘛。」

「真是太有道理了。」

「所以呢？這到底是什麼？」

她這麼說完，捏起其中一顆，輕輕呼了口氣。

「其實這叫作可能性之種……」

琉迪原本看著在照明下反射光芒的種子，這瞬間全身頓時彈起，連我都被她嚇到。隨後她睜大雙眼，像是手中捧著價值數億的骨董碗，小心翼翼地把種子放到桌上。

「喂！你讓我拿了什麼東西啊！」

「呃，我沒有叫妳拿啊……」

明明是妳自己拿的。

「這是真貨？該不會有人賣贗品給你？」

「可信度高得連奈奈美和毬乃小姐都忘記開玩笑。」

琉迪的眼神變得更加銳利。

我想繼續說下去時，她舉起手制止我。

「……等一下。先讓我冷靜一下。」

語畢，琉迪閉起眼睛開始深呼吸。隨後，閉著眼睛的她把剛才擺在椅子旁邊的書本挪開，挺直背脊重新端正坐姿。她的每個小動作都洋溢著優雅，讓我再度體認到她高貴的出身。

琉迪緩緩睜開眼睛。

「可以了。繼續說。」

「這個，我希望妳收下。」

「咦？」

她吃驚得睜大眼睛。

「先等一下！不是你自己要用，也不是賣掉，而是要給我？」

她的表情讓我產生「你在想什麼啊！傻了嗎！」的幻聽。

「我已經吞了一顆。其實我拿到五顆，想給之前幫助過我的人。」

「等等，我的理解速度跟不上。」

「我希望妳收下。」

我再度對琉迪說出同樣的話語。

「拜託你，先等等。這種東西我不能收啦！你知不知道這個光是一顆就有多大的價值？況且我總是受你的幫助，不能收下這種稀有得沒辦法標價的東西。」

「不過妳也給了我無法標價的重要事物嘛。這要當作回報還遠遠不夠就是了……」

「……我什麼時候給過了？」

「我收到了啊，而且在緊要關頭派上了用場……呃，要這樣當面坦承很難為情，其實四十層遠比想像中吃緊……」

「這不是當然的嗎！雪音學姊她們也都說了嘛，正常人不可能辦到。」

說得好像我不正常似的。嗯，的確不太正常就是了。

「沒有啦……其實，在我覺得撐不下去的時候……看到妳給我的護身符，頓時湧現一股莫名的力量。要是沒有這個，我大概在三十五層後就放棄了。這是在關鍵時刻支持我的寶物喔。」

我說完，取出琉迪親手做的稍微有欠工整的護身符。

我像是要讓琉迪看清楚，拿在手中晃了晃。

「等、等一下……暫停。停下來停下來。你、你在說什麼啦。總之快收起來，超難為情的。」

琉迪慌張地靠過來想搶下護身符，但是我不打算把寶物交給她。我立刻讓護身符逃離琉迪的手，在她拿不到的位置繼續秀給她看。

「老實說，我也很害臊。」

「笨蛋！既然害臊就收起來啊。況且，那個根本就沒什麼價值啦！布料是雪音學姊給我的，材料費大概還不到一碗比較貴的拉麵！」

「不是啦，妳聽我說，也許成本不高……但是東西的價值不僅止於此吧？所以對我來說比這顆種子還要寶貴。」

她滿臉通紅，不過我的臉大概也一樣紅吧。

「所以，抱歉只能回贈區區一顆種子，可以請妳收下嗎？」

「什麼區區一顆種子……我連戒指的份都還沒回報你耶。」

琉迪依舊紅著臉，不願意收下種子。

「欸，琉迪？」

「怎樣？」

「我啊，在進學園迷宮之前不是說過了嗎？」

「說什麼？」

「希望妳以後陪我一起進迷宮。所以……反駁之類的暫且放一旁，拜託先把我的話聽到最後，可以嗎？」

「你說這些話會讓人不安耶。知道了啦。」

「然後，我的目標之一就是完全攻破學園迷宮。」

琉迪默默點頭。

「我認為要完全攻破學園迷宮，絕對不可或缺的就是大家的力量。」

探索層面上需要偵測陷阱，戰鬥時的遠距離魔法、支援魔法、恢復魔法也不例外。

但不只這樣，在精神層面上也是。

「所以，不好意思，我希望妳……那個，可以的話之後也一直跟我一起來。」

「沒什麼不好意思，我自己……會跟過去。」

「謝謝妳。不過，再聽我多講幾句。然後，當然妳不需要種子就很厲害，而且日後還會變得更厲害。」

看到實力不斷增長的琉迪，更讓我這麼認為。然而如果要實戰演練或真的交手，我不覺得我會輸就是了。

「不過，既然我要和大家一起攻破迷宮，自然希望大家盡可能變得更強，對學姊和奈奈美她們也一樣。」

琉迪使用可能性之種會產生的效果不僅止於消除能力值的上限，還會產生對恢復魔法與輔助魔法的適性，能習得的其他魔法也會增加。

毫無疑問會變更強。

「這種事就是互相依靠嘛。況且，更重要的是……」

「更重要的是？」

「…………我想和琉迪妳一起得到可能性，一起變更強，最好能一起抵達迷宮的最深處。」

「……傻瓜。知道了啦。」

話一說完，她拿起種子，看向我。

「雖然我不像幸助你這麼積極，但也想變強，更重要的是——」

我還以為她對我施展了某種魔法。

她只是稍微瞇起眼睛，面露溫柔的微笑。

但是這瞬間的她散發著不可思議的魅力，即使是遭到詛咒而只能愛戀自己的納西瑟斯都會墜入情網。

「因為我也想和你一起親眼看見。」

琉迪吞下了種子。

我的心跳節拍快得不能更快。莫名覺得害羞，只好盡可能強裝若無其事，說著「往後也請多多指教」之類的話。

琉迪大概也覺得害臊，只見她挪開視線，撇開那張依舊通紅的臉。

為了不讓她發現我急促的心跳，我佯裝平靜，看著稍微垂著臉的她，突然想到般開口說道：

「……琉迪。」

「……怎樣？」

「週末我們去吃拉麵吧，去車站那邊。」

「…………也好。你請客喔。」

「還有，明天訓練結束後，妳可以幫我按摩一下嗎？當然是免費服務，因為我會請妳吃拉麵，很公平吧？」

「哼哼，想要我按摩是吧？」

她有點得意地這麼說完，面露燦爛笑容看向我。

「要我按摩是可以啦，不過這是兩回事。你還是要好好請我一碗泡麵才行。」

妳到底是有多喜歡吃拉麵啊？我不由得噗哧一笑。琉迪見狀也笑著說：「有意見喔？」我們就這麼笑了好一會兒。

最後我前往的是學姊的房間。不知不覺間，家裡多了學姊的房間。

「不好意思，只有粗茶。」

學姊如此說道，對我遞出茶水。在漆器茶托上頭擺著一個造型不夠端正但已經完成的茶杯。

我喝了一口，細細品味柔和的苦澀後，輕吐一口氣。

我告訴學姊我有話要說，學姊便欣然讓我進入房內。

儘管我的造訪相當突然，也沒有開口索求飲料，但學姊馬上就為我泡茶，該說這就是學姊的個性吧。

「呵呵，你可以放鬆點。」

聽她這麼說，我回答「不好意思」，在坐墊上調整坐姿。

在我進迷宮之前，學姊的房間還很空，不過大概是房內的用品日漸增加了，急遽營造出學姊確實在此生活的氣氛。

我現在坐的榻榻米地墊和坐墊，上次來的時候都還沒有。

「這個啊……其實是奈奈美為我準備的。呃，我確實本來就想要，但回過神來就已經鋪在地上了……我記得應該沒跟她提過我想要。」

大概是因為我看著榻榻米和坐墊，學姊撫摸著榻榻米這麼說道。

愛胡鬧的奈奈美如果在場，應該會一臉認真地用雙手比出V字手勢直逼而來，不過其實她相當能幹，在迷宮外頭也不例外。

「你說找我有事吧？其實我也有點事，剛才去了你房間一趟……」

我點頭回答：

「是喔？不好意思，沒人應門吧？我剛才去了毬乃小姐和琉迪她們那邊。」

「不……這有點難以啟齒……是睡眼惺忪的初實老師來應門。」

…………

啞口無言。我不由得嘆息，伸手扶額。

「那個……原來你和初實老師是這種關係啊……呃，我也不知道這種事該不該這樣問，那個，但我心裡還是會在意……」

「不，學姊應該看過我睡在沙發上吧？」

手足無措的學姊一瞬間愣住，隨後恍然大悟般驚呼。

「啊、啊啊……原、原來如此，我大致明白了。真是辛苦你了。」

「我習慣了。」

雖然偶爾會睡同一張床，不過這就別提了。

「如、如果需要，也可以借用我的房間喔。我、我也習慣睡在墊被上，只要鋪在這邊就好。」

「不好意思讓妳費心，沒關……」

嗯？床可以讓給我睡？

「咦？」

「嗯，無所謂喔。」

稍、稍等一下喔。這樣真的好嗎？

學姊那魅力滿載的雙峰不只成熟又性感又色情又煽情而且還暗藏著崇高；在慢跑時

不停勾引我視線的潔白美麗的後頸；緊緻有彈力且形狀美好、尺寸適中的臀部。學姊的棉被平常就包裹著這一切，一旦放任我這般紳士進入，學姊那神聖的被窩不就……

「瀧音、瀧音！」

「啊！」

「怎、怎麼了嗎？你的眼神好像沒在看著現世喔。」

「啊，沒事。沒、沒什麼。」

冷靜下來。

學姊只是單純擔心我才這麼說。

不過我要是進了學姊的被窩，就各方面而言都會睡不著。而且學姊如果就在旁邊打地鋪睡覺，在我腦海中登場的羊超過一億頭也不足為奇。

結果肯定會度過漫長如永恆的時間，翻來覆去直到朝陽升起，最後睜著充血的雙眼下迷宮。

這樣實在不妙。

「不好意思，非常謝謝學姊的關心，不過我沒問題。雖然我不惜犧牲一條手臂也想借……但我還是不能給學姊添麻煩。」

「是什麼事情把你逼成這樣？」

「不，我真的沒事。」

反倒是接受學姊的好意才會出事。雖然非常想借，不過一旦借了反而會害到我自己吧？嗯，我也搞不太懂。

「嗯，有需要隨時可以找我。言歸正傳，就從你想談的開始吧。」

「啊，差點忘了。我有個東西希望學姊能收下。」

我請學姊伸出手後，在她的手掌上放了一顆閃耀著金光的種子。

「……這是？」

「學姊說不定聽過，這叫作可能性之種……」

「先等一下！」

學姊連忙想把種子放回我的手中，但我把手藏到背後。

「學姊，這是我這次獨自挑戰迷宮的理由。」

「你在想什麼，居然要把這種東西給我。」

學姊先是看了種子，然後看向我又看向種子，抱頭煩惱，視線有如可疑人士般四處游移。話說琉迪剛才也是這樣，這才是對種子的一般反應吧？

「先等等，這是你憑自己努力得到的吧？那你應該用在自己身上。」

「我自己已經用過了。不過我一次拿到了好幾顆種子，所以無論如何都想請平時常照顧我的琉迪和學姊收下。」

「……這足以在高級地段蓋城堡啊。」

真的那麼值錢嗎？

「那我手上這個東西就足以輕易超越這顆種子，因為是無價之寶。」

說完，我把學姊給我的護身符拿到手中。

「蠢、蠢材……那可沒有那種價值。」

難道我會這樣想嗎？當然不可能。

「不，對我來說就是有，而且價值高到相較之下把這顆種子丟進垃圾桶也不可惜的程度。」

我這麼說完，學姊不知道是開心還是害臊，又或者兩者都有吧，她臉頰微微泛紅，以手背掩嘴，挪開視線。

「我從學姊這裡拿到的無價之寶還不只這個，戰鬥中每一個動作都包含在內，學姊和克拉利絲小姐的指導全派上用場了。如果沒有兩位，我肯定無法成功突破難關。」

甚至還有可能回不來。

「當然對我伸出援手的奈奈美和琉迪都已經給了，學姊也一樣。」

「可是……」

「學姊，對我來說，妳為我做的一切已經是在高級地段蓋城堡也無法比擬的幫助。所以，我非常感謝學姊，甚至覺得這顆種子只算一點心意，希望學姊願意收下。」

學姊依舊一臉認真，凝視著種子。

「這個交給我，你真的不會後悔嗎？」

「對。無論如何都希望學姊收下。」

學姊輕吐一口氣，仰望上方。之後她以認真的表情看向我，不過臉頰依舊泛紅。

「瀧音，你說過你想成為世界最強吧？」

「是的，我說過。」

「把這個交給我真的好嗎？」

「是的，當然沒問題。我希望學姊變強。」

也許我會因此輸給學姊，但那並非我的最終目的。

我真正的目的是幸福結局。如果能辦到，我甚至想分給伊織和卡托麗娜等同班同學，讓三會成員每個人都拿到也沒關係。

此外，最重要的是——

我認為身為魔探最強者的三強之一水守雪音才是至高無上的水守雪音。面對我最喜愛的學姊……

「我會超越學姊，登上顛峰。」

看著陷入沉思的學姊，我有種必須說些什麼的感覺，沒想太多就開口：

「況且……那、那個，我也有些算計嘛……只要給了這個，也許學姊以後就會陪我一起下迷宮……說不定還會幫忙我修行……」

「用不著給我，我本來就願意去；你不必特別要求，我也會幫忙，只要你開口。」

學姊凝視著那顆種子。

「我覺得我欠了你很大一份人情債……」

「那就用這個抵銷吧，因為我也覺得欠學姊很多。」

我說著拿出護身符。

「愚蠢！和那種東西根本無法比較。」

「的確無法比較，這個的價值遠勝過種子。這可是我無比重視的寶物。」

「……你這個人真是——」

學姊滿臉通紅，挪開視線後用手背掩嘴而笑，以細微的聲音說了。

不久，學姊吞下了種子。

之後她對我浮現的是幸福的笑容。光是看到那笑容就讓我感到心滿意足，甚至覺得感情滿溢而出。

見到幸福洋溢的學姊，我也同樣幸福。

「日後還請多多指教，學姊。」

「嗯，以後就算你說不用跟去迷宮，我也會跟到底。接下來我會更嚴厲地鍛鍊你。此外……」

「此外？」

「也許你最後會超越我，成為世界最強，但是我不會讓你輕易成功。」

這就是她的宣戰吧。我的回答當然是——

「正合我意。」

我笑著與學姊四目相望。這是一段非常宜人的時光。

我凝視著學姊，她突然改變了表情。

「差點忘了。我也……有事要找你。」

「對喔，剛才學姊的確這樣說過。」

所以她才會撞見姊姊。

「嗯，就有東西要給這一點來說，和你完全一樣就是了。」

「有東西要給我？是什麼？」

「是啊。和你給我的相比，也許完全沒有價值可言就是了……」

「我說學姊……」

我舉起護身符。

「我、我知道了。那、那個，感覺很難為情，快點收起來。為、為什麼要那麼小心翼翼地收在胸前口袋啊！」

「當然是因為這很重要。」

不久，學姊小聲清過嗓子，但臉頰依舊通紅。

她把手伸進懷中，取出一塊紫色高級的布。掀開布，裡頭裝著一封信。

「這是？」

我接過那封信，便將信封翻面。

看到畫在上頭的魔法陣與學園的標誌，手不禁有些顫抖。

非常遺憾，這並非學姊給我的情書。重要程度若要與之相比，簡直輕如鴻毛。

不過這確實也是我想要的東西。

我用手觸碰畫在信封背後的魔法陣，注入魔力。

於是學生會、風紀會、式部會等三會各自的標誌浮現於半空中，信件自動拆封。

隨後一張卡片從中飛出的同時，學姊開口說：

「恭喜你，瀧音幸助，你被選上了。」

真是意外，沒想到能在現實中聽見這句台詞。在遊戲裡，三會副會長職其中一人會說出這句話，而這次是與我關係最深的水守學姊吧。正因為聽過好幾次，這段文字總會被我跳過，對過去的我而言無足輕重。

然而這台詞與這封信現在卻讓我如此欣喜。

「終於來到這一步了……」

卡片上頭寫了不少文字，但我不用讀也知道內容。

這正是來自三會的熱情邀約。

「事情遠比想像中順利呢……」

「提案者最驚訝是怎麼一回事？」

我這麼一說，身旁以大小姐口吻說話的琉迪面露苦笑。

她現在要假裝也是無可奈何，目前正值上學時間，附近有許多學生，剛才就有些人不時偷瞄我們。然而現在最吸引眾人目光的也許不是琉迪，而是我。

「不過如果直接來，肯定會被拒絕啊。」

「就算我下令大概也沒用吧。」

共享這般見解的不只我和琉迪。有趣的是，姊姊和毬乃小姐，甚至奈奈美與學姊都同樣。但是要實際執行時，學姊顯得有些不願意，最後還是認同這是沒辦法中的辦法。

在準備方面，眾人都相當積極，特別是毬乃小姐，肯定有一半出自玩心吧。不過毬乃小姐無可挑剔地完美扮演了最重要的角色，可說是徹底成功。

「哎，我以為會更費力些……不過我原本就認為最後會演變成這樣……請問怎麼了嗎？」

「這個嘛，沒什麼啦。」

我對她的口吻和舉止充滿了不對勁的感覺。她大概也從我的反應察覺了吧。因為我有好一段時間沒去學園，也很久沒見到琉迪的大小姐模式。況且我之前幾天都待在迷宮裡頭，沒遇見任何人。

「不過要是有人對妳這麼做，妳會作何感想？不會生氣嗎？」

「有時機和場合之分吧？這次我想最終會得到感謝。」

「我也同意琉迪小姐的意見。」

跟在我們斜後方的奈奈美如此說道。

「根據我取得的情報，看到主人與琉迪小姐突飛猛進成長，似乎使之心生焦急。」

「這些話一句也不曾跟我提過……」

琉迪的眉梢下垂，神色不滿地如此說道。

呃，如果真的為此煩惱，應該絕對不會告訴琉迪吧。肯定會深藏在心底。話說回來，為什麼奈奈美會知道這件事？之前學姊那次也讓我這麼覺得，奈奈美的情報來源真是神奇。

「妳是從哪裡取得這些情報……？」

「我用果實酒邀請當事人小酌，使之爛醉後一切全無防範。」

原來如此，無法抗拒果實酒啊。雖然「一切」和「全無防範」這些字眼讓我非常好奇，但盡可能屏除於意識之外，早點忘記比較好吧。

「只是聽人家吐苦水的話還沒關係，可別做過頭了。」

奈奈美最近雖然很能幹，但是偶爾會做出太過火的行徑。這時應該義正嚴辭地——

「請主人放心。喜好的男性類型和三圍等情報都確實掌握了。」

——好好誇獎她一番。這般女僕真是太完美了，不管在世上何處，都找不到比奈奈美更能幹的女僕……

「唔……！」

「瀧音同學，馬上要到學園了喔。」

「是……」

琉迪同學，我當然是說笑而已嘛。那個，用手肘頂肚子真的不太好喔。

我們就這麼走進校園，在眾人矚目下走向教室。打開門走進教室的同時，同學們紛紛大吃一驚，有些人甚至懷疑自己看錯了。

「瀧音居然來上課，明天該不會下大雪吧？」

第一句話就這麼說喔？橘子頭仔細打量我的臉，如此說道。

「喂喂喂，這是什麼意思啦。」

「不能怪我吧，最近完全沒看到你來上課嘛。」

「在教室的確找不到人……我偶爾會和瀧音吃午餐，比大家常見面就是了……」

嗯，事實正如橘子頭和伊織所說。不只是考試開始後，早在那之前，每一堂課我幾乎都缺席。就算來到學園，大概也只參加上午的課程和進迷宮而已。

今天也一樣，如果下午沒有其他預定事項，我大概也會進迷宮。

「哎，不過也沒必要用那種撞見鬼的眼神吧？」

我故意拉高音量，看向斜前方如此說道。短鮑伯頭的女同學轉過頭來，雙手合十笑著說：「抱歉抱歉。」

我心中只有感謝。能夠享受這樣稀鬆平常的日常生活，毋庸置疑是多虧琉迪與伊織的付出。在這個地方之外，我就是注目的焦點。

走在學園中眾人自然讓道，一年級生避著我，二三年級生則會竊竊私語：「他就是傳聞中的那個傢伙吧？」投以混合嫉妒與羨慕的視線的人大概是LLL的會員。

除此之外，還有其他原因……我瞥向奈奈美。

奈奈美面無表情地站在琉迪身旁，注意到我的視線便對我眨了眨眼。大概是顧慮到我，在我和男同學交談時，她與我拉開一段距離。除此之外，也不知道她是何時跟班上同學變熟，她閒話家常的對象不只琉迪，也包含卡托麗娜、委員長等魔探的女角。

這樣的奈奈美在最近也出現了粉絲。

走在路上，有時會注意到男學生看著奈奈美而嘆息。

奈奈美確實是個美人，綢緞般的銀髮，再加上隨個人審美觀不同也許更勝琉迪的美貌。胸部雖然不及姊姊，但也相當雄偉，身體線條凹凸有致，再加上形狀美好的豐腴臀部，身材勘稱超群。

更重要的是女僕裝。那件女僕裝更是全面提升了魅力。

視線會不禁被她吸引也是人之常情。而我能享受她的服侍，別人會投以欣羨的眼光也很正常吧。

好幾道麻煩的視線如果到了教室還是一樣，我鐵定會心浮氣躁。雖然某種程度能夠視而不見，在這樣狹窄的空間中，一想到會長時間持續就更是煩人。琉迪說過習慣成自然，但不知還要多久才能像她一樣看那麼開。

「啊，瀧音，這麼說來，我有點好奇……」

剛才的短鮑伯頭同學觀察我的反應，如此說道。

「怎麼啦？」

「瀧音你……那個，聽說你跟花邑學園長是親戚……這是真的？」

「啊，這個我也想知道！」

我有些驚訝，直盯著剛才參與對話的女生。

她是伊織的義妹結花，眼型清晰分明，頭髮綁在側邊，胸部尺寸算普通，一舉一動有如小動物。

「奇怪，結花？」

妳什麼時候跑來的？伊織這麼問，但結花只是含糊帶過。

「哥一定也想知道吧？」

伊織苦笑，並不否認。

「花邑家的事喔？我其實沒有特別隱瞞，我媽媽是毬乃小姐的堂姊妹，原本姓花邑。姊姊……不對，初實老師算是我表姊。」

真的假的！結花說著，睜大眼睛面露興奮神情。其他同學則顯得有些嚇到了。

「你喊她姊姊…………原來你真的是有錢人家的少爺啊。」

橘子頭羨慕地看著我。

結花則是眼中閃爍著興奮的光芒，直呼好誇張。

根據他們所說，在他們眼中我似乎是飽受寵愛而不諳世事的大少爺。不過其實那是琉迪，瀧音歷經了充滿動盪的人生，雖然我自己沒有實際感受就是了。

然而，我也不應該特別指正，因為這樣肯定必須提起雙親已逝的事實，可能也得說明我住在毬乃小姐家，甚至可能導致我和琉迪住在同一個屋簷下這件事曝光。

「欸，瀧音，請我吃點東西嘛。」

聽短鮑伯頭女同學這麼說，我當然搖頭。

「喂喂喂，真的想要就去迷宮賺啊……我會告訴妳好地方。」

「咦？真的喔？那也好啊，超開心的！」

大概原本就不期待能討到什麼甜頭，她又驚又喜地說道。

「妳甚至可以告訴我想往哪個方向成長，我能幫妳構思訓練菜單，不過要實踐很吃緊喔！」

「那個我也想要！」

結花跟在後頭如此說道。

她笑得甜美可愛，一把攬住我的手臂。很明顯貼到了，真的貼到了，不過可以貼得更緊一點。

「可以吧？」

「哎，可以是可以。」

MARRIED WOMEN
NTR

當然可以。

不過同時我冒出一個疑問。

為什麼她會這樣猛然拉近與我的距離？遊戲中結花對瀧音的態度確實比其他女主角親切一些，但她原本就對瀧音這麼友善嗎？

原因到底是什麼？遊戲中的瀧音和現在的我，兩者間差別……還滿大的。

最主要的是一年級第一名，還有花邑家等等吧。不過把這些要素考慮進來，她會採取這種態度就很合理。

「瀧音之前已經教我們很多了……對吧，橘子？」

「對啊，上次去的迷宮，地點是幸助給的吧？」

「是啊，怎麼樣？我想應該很適合打獵吧？」

「真的很棒喔！」

伊織的眼神閃閃發亮，欣喜地說道。

「是、是喔？」

只是隨便介紹個迷宮給他就開心成這樣，感覺有點害羞耶。下次一定要介紹更好的迷宮給他。

「話說今天下午有空嗎？有些事想跟你商量。」

橘子頭這樣說道。難道是成長方面遇到瓶頸了？要和他聊聊是無所謂，不過——

「喔，不好意思，今天有個地方我非去不可。」

「真的假的？是哪裡？」

「月宮殿。」

再怎麼說，橘子頭也知道這個地方吧。

看到除了一個人之外眾人驚愕的神情，想必大家都理解我的狀況了。

看了眾人的反應，我想到……趁現在早點埋下伏筆會比較好吧。

「咦？月宮殿是哪裡啊？」

唯一沒搞懂狀況的結花歪過頭問道。

「結花，這學園有三個集團持有很大的權力，分別是學生會、風紀會、式部會。」

伊織如此回答。

「三個團體合稱三會，只有學園生中特別有實力的人才能參加，地位非常特別。」

「哦～～還有這種規定啊。」

「嗯，然後……」

伊織和周遭所有同學的視線朝我集中。

「月宮殿就是三會成員的大本營，一般學生基本上不能進去。」

月讀學園月宮殿基本上是三會成員才得以進入的特殊場所。得到允許的學生能進入一部分區域，但是能進入月宮殿深處的，就只有三會成員與一部分的教師。

當然我沒見過也沒實際去過，在遊戲中已經造訪過無數次就是了。突然要我過去，能不能免於迷路我也沒把握，所以她才主動來為我帶路吧。

「讓妳久等了，學姊。」

「沒這回事，還有五分鐘吧。我也才剛到而已……是說——」

學姊的視線轉往奈奈美。這是理所當然的疑問，因為我也同樣吃驚。

「我絕對要一起去。」

「她是這樣說的，還自稱得到毬乃小姐的許可……」

我這麼說完，奈奈美便把手伸進胸前的深溝之間，抽出一張畫著學園紋章的卡片。

我在遊戲中沒看過，來到這世界後也不曾看過。

……話說，妳為什麼要塞在那邊？而且拿出來的時候還故意在我眼前強調自己的乳溝。妳用不著去學動畫裡常見的性感角色喔。

只是，真的有夠色情，太棒了。

「哈哈哈……那就沒問題了吧。哎，反正有我在，應該不要緊吧。那麼我們就立刻動身吧。」

跟在苦笑的學姊身後，我和奈奈美走進轉移魔法陣。

那該稱作是一座小宮殿吧？

有美麗花朵綻放的庭院，庭院中有噴水池，附近則設有白色桌椅。

因為我先見識過花邑家才不至於太過驚訝，要是一般學生來到這裡，想必會目瞪口呆吧。

我和奈奈美聽從學姊的指引，邁步走進宮殿。走過裝飾得金碧輝煌的走廊，我輕聲深呼吸。隨後重複張開手掌又握拳的動作，盡可能紓解體內多餘的緊張。

走沒多久，學姊在畫了學園紋章的氣派門扉前方停下腳步。

我再度深呼吸之後，突然有人拍了我的肩膀。我反射性轉身，臉頰隨即傳來一陣輕微的痛楚。

看來是奈奈美的指尖陷進我的臉頰了。

奈奈美面露得意洋洋的笑容，我不禁苦笑。

「瀧音。」

在我對奈奈美開口說話之前，這回聽見學姊叫我，我便轉向她那邊。

出乎意料地，臉頰同樣傳來輕微的痛楚。看來學姊也用手指戳向我的臉頰。

「學姊也來喔……」

我只能苦笑以對。

坦白說，我真的有點緊張，因為這地方的氣氛以及想像接下來即將發生的事件。兩人的行動就緩解緊張這點來說，真的讓我很感謝。

「不好意思，一時忍不住。」

「真拿妳沒辦法，這次就原諒妳吧。」

學姊明明是好心幫我緩解緊張，這是什麼說法嘛。

學姊豪爽地哈哈笑著。奈奈美雖然沒笑出聲，也面露得意的笑容。

不久，學姊開口對我們說：「我們走吧。」

我點頭後，學姊推開門。

房間裡面主要成員似乎已經全部到齊並就座。

右手邊是式部會式部卿貝尼特．伊凡吉利斯塔，以及笑盈盈的式部大輔姬宮紫苑。

她們背後的牆壁畫著學生會、風紀會、式部會的紋章。

左手邊則是風紀會隊長，聖女絲蒂法妮亞．斯卡利歐聶。學姊正走向她身旁。

學生會長莫妮卡．梅爾傑迪斯．馮．梅比烏斯在我正面，雙手抱胸直視著我。與我四目相對後，用手指推了眼鏡的則是副會長芙蘭齊斯卡・艾妲・馮・格奈森瑙。

學姊呼喚莫妮卡會長，她便從椅子站起身。

「日安，瀧音，還有奈奈美同學。」

「妳似乎認識我，但我還是報上姓名。我是至高的美少女女僕奈奈美。」

奈奈美當場行了個屈膝禮。哎，她在學園裡那麼醒目，知道她的存在也許當然吧。況且和芙蘭副會長她們也已經實際邂逅了。

言歸正傳，奈奈美做了超乎常識的自我介紹，但會長等人似乎絲毫不放在心上。

芙蘭副會長看向奈奈美，開口就先致歉：

「奈奈美同學，真的很不好意思，根據規定只有特定人士能在此參與會議，並非教師也非三會成員者沒有與會資格。」

奈奈美卻搖頭拒絕聽從指示。

「沒有問題。」

語畢，奈奈美從口袋取出一張卡片。貝尼特卿見狀，吹了聲口哨。

「哦？妳身上帶著很有趣的東西呢。」

「哎呀，奴家還是第一次見到。嗯，該說不愧是花邑家的女僕吧。」

「不好意思，請容我打斷妳說話，我要先表明一項大前提。我並非服侍花邑家，這位瀧音幸助才是我服侍的主人。我服侍的對象絕對不是毬乃那個死老太婆，這一點希望妳了解。」

「死老太婆……」

芙蘭副會長啞口無言；雪音學姊則是苦笑；式部會的成員們神情愉快；莫妮卡會長與絲蒂法聖女表情不變。

「好，奴家懂了。總之妳的意思是妳並非花邑家而是瀧音的女僕。」

紫苑學姊笑得意味深長。

「紫苑，差不多該進入正題了。」

學姊這麼說，紫苑學姊便展開扇子掩嘴，不過表情明顯仍然眉開眼笑。

「你不覺得吃驚嗎？見到學生會與式部會這樣一團和氣地交談。或者是你已經知道了？」

這我當然知道。我面露笑容後，莫妮卡會長點了頭。

「那麼對於式部會又了解多少？」

這句話出自貝尼特卿。

「嗨，瀧音，你以我想像中數倍的速度攀上這個地方啊。」

「好久不見了，貝尼特・伊凡吉利斯塔卿。我也理解你的立場。」

「哦……不知道你還記得嗎？印象中那是位綁兩條馬尾的女同學，好像叫加藤吧？你站在她和奈奈美同學面前，對我說過的那句話。」

「我還記得啊，那句話我也不打算收回。況且我對在場的任何一位都會說出同樣的話。」

我們和當時一樣互瞪了一會兒，但貝尼特卿很快就面露笑容。

「我現在知道，你並非空口說白話。」

「欸，貝尼特卿，他對你說了什麼？」

「這個嘛，莫妮卡不用介意，反正妳總有一天會知道。不好意思岔題了，讓我們言歸正傳吧。」

貝尼特卿說完，催促莫妮卡會長繼續往下說。

「總之如果你知道，那就可以省略對三會的說明了吧？」

「是的。」

「那我就開門見山說了，加入三會吧。」

聽了這句話，貝尼特卿插嘴：

「咦咦咦？莫妮卡，這時不是該按照慣例用問句嗎？應該是這樣吧，絲蒂法妮亞大人？」

「立場上我無法置喙，但我不怎麼喜歡慣例，也認為陋習就該破壞。所以，瀧音同學不考慮看看風紀會嗎？也許稍嫌拘束，但雪音在這裡喔。」

聽到絲蒂法聖女這麼說，莫妮卡會長苦笑道：

「據說風紀會的雪音非常希望能與瀧音共事。」

「哎呀，式部會也一樣啊。」

紫苑學姊如此說道。

「怎麼樣？瀧音幸助，還有奈奈美，不考慮看看式部會嗎？或者是其中一人也無妨，式部會都能接受。」

「恕我直言。」

奈奈美開口說道。

「我完全沒有意願為三會效力，也完全沒有意願聽從來自主人以外的命令。我應當置身的場所，唯獨主人的身旁。」

「哦？既然如此，只要瀧音幸助願意加入式部會，妳也會一起來吧？」

「但我不會加入。」

「哦，這可真是個好消息。」

「……如果妳們聊完了，就回到正題吧。現在有話要對瀧音幸助說。」

芙蘭副會長這麼說完，莫妮卡會長開口：

「也對，就回到正題吧……坦白說打從我第一次見到你的時候，我就對你產生興趣了。」

聽到這句話的同時，一陣寒意頓時爬上我的身體。

彷彿周遭突然充滿了靜電，肌膚觸及就隱隱作痛。還不只如此，好像只有我身邊的氣溫急遽下降，身體微微顫抖。

另外，也許是魔力外溢的影響，她身旁景物彷彿海市蜃樓般搖曳，身影也因此跟著扭曲。

「再加上先前攻略迷宮的紀錄。」

莫妮卡會長雙手抱胸，以銳利的眼神直瞪向我。

她大概在試探我，想看我會有什麼反應。

而且想測試我的不只莫妮卡會長。

像是伴隨著那股力量，紫苑學姊的魔力與魔法也朝我而來。漆黑的煙霧自紫苑學姊身上溢出，在她身旁飄盪。那煙霧慢慢流向她的腳邊，緊接著像要侵蝕地面似的朝我緩緩延伸。

紫苑學姊垂下眼尾盯著我，大概是出自好奇心才會附和莫妮卡會長的試探。

雖然不及莫妮卡會長，龐大的魔力確實正朝我而來。

而反方向傳來另一股力量。這似乎來自學姊。

不過那魔力並非針對我而來。也許目標同樣是我，但我覺得學姊的魔力像是包覆著我，意圖守護我。

同時也像在對莫妮卡會長與紫苑學姊說：「妳們這是在做什麼？」

學姊手摸薙刀，用冰冷的眼神凝視著紫苑學姊。

紫苑學姊的視線從我身上挪開，與學姊互瞪。於是漸漸爬向我的黑煙收斂了，但魔力依舊朝著我而來。

紫苑學姊也展開她的武器扇子，遮擋嘴邊。那扇子底下肯定是燦爛的笑容。

「呵呵、呵呵呵呵呵！」

站在我身旁的奈奈美笑了起來。

眾人的視線轉向奈奈美。

「有什麼好笑的嗎，奈奈美同學？」

莫妮卡學生會長如此說道，奈奈美的笑容不變，開口回答：

「因為實在太滑稽了，讓我忍不住捧腹大笑。用這種程度的魔力就想施壓，要人怎麼不失笑？」

語畢，她對我行了個女僕的屈膝禮，注視著我。

「你說是不是，主人？」

真希望可以稱讚我聽見她這麼說還沒有反射性縮起肩膀。老實說，我覺得虧我這時還笑得出來。

真是的，妳到底幹了什麼好事啊。

我原以為她把集中在我身上的期待轉移到她身上，但她竟然把那份期待放大後，回過頭來拋向我。妳在心裡肯定笑得樂不可支吧。

不過，我不討厭這種熱血的情境。反倒該稱讚妳，多虧妳幫忙炒熱氣氛。

既然奈奈美都為我準備舞台了，我當然也得好好表現。

「唉～～」

我故意大聲嘆息，聳了聳肩。

之後我對自身施展身體強化，對披肩注入魔力直到極限，做好隨時都能衝上去揍人的準備，裝模作樣地挑起單邊嘴角。

那麼，就給莫妮卡會長一個超乎她期待的回答吧。

繼續灌注魔力，繼續灌注，不停灌注。毫不壓抑自身，將體內那份多到異常的魔力不停灌注至披肩。最後將注滿後仍綽綽有餘的魔力朝空氣揮灑，像是要充滿這個房間。

眾人的反應各不相同。

芙蘭副會長面露驚愕的表情。

紫苑學姊則是讓魔力消散，發出「呵呵呵、哈哈哈哈哈」的大笑聲。

絲蒂法隊長雖然驚訝，手已經觸及手杖，隨時都能有所行動。

貝尼特卿面帶笑容但視線銳利，維持身體強化魔法。

水守學姊閉起眼睛，莫名得意般點著頭。

莫妮卡學生會長悠然站在原處直視著我。

她閉起眼睛，輕吐一口氣，最後緩緩睜開眼睛，使她的魔力消散，再度凝視我。

我見狀也讓自己的魔力消散，等候會長的評語。

「很不錯。你真的很不錯……！」

這時她清了一下嗓，繼續說：

「雪音說你無論加入哪個會，都能勝任。」

我看向學姊，學姊原本像在集中精神般閉目，這時她睜開一邊眼睛，盯著我幾秒後又閉上眼睛。

「既然雪音都這麼說了，想必是事實吧。」

芙蘭副會長如此說完，莫妮卡會長點頭。

「聽我說，瀧音幸助。我們想要你，你的行動力、你的實力……所以我再說一次，加入三會吧。」

「不過，加入三會是有莫大的利益，但也有不少缺點。」

如此補充的就是某種角度而言承受最大缺點的式部會之中，肩負會長職責的貝尼特卿。

「首先必須保密，也必須出力工作，該做的事情鐵定會變多，壓力也不小，所以麻煩到令人後悔。」

莫妮卡會長打斷他的話。

「不過，我敢斷言三會就是讓你得到你渴求的力量的最佳手段。聽我一句勸告，加入我的麾下吧。」

「怎麼能趁機偷推薦學生會？奴家建議你加入式部會。你看奴家，這裡最自由。」

紫苑學姊這麼說著，有如鳥兒要飛起來似的擺動雙手。

「風紀會雖然規矩最多，但雪音在我們這裡喔。」

緊接著，絲蒂法隊長一針見血地提出風紀會最具魅力之處。

「你應該……願意加入三會吧？」

這是當然。若不加入三會，就辦不到想做的事情。

「需要時間考慮？」

會長這麼問，我搖搖頭。

「那就給出答案。」

莫妮卡學生會長這麼一說，各會副會長舉手觸碰畫在牆上的紋章。

聖女絲蒂法妮亞見狀，開口說道：

「代表『正義』，身為『模範』的風紀會。」

風紀會的紋章閃耀光芒，水守學姊與聖女絲蒂法妮亞站到紋章前方。

「代表『模範』，身為『目標』的學生會。」

莫妮卡會長語畢，站在散發光芒的學生會紋章前方。她身旁則是芙蘭副會長。

「代表『目標』，身為『宿敵』的式部會。」

貝尼特卿說完，來到站在式部會紋章前方的紫苑學姊身旁。

「你要選哪個會？」

背對著發光的圖樣，莫妮卡會長對我問道。

「我想加入的是……」

連問都不需要問，我過去的行動都是以加入此會為前提。

所以我甚至不需要煩惱。我要加入的當然是……

「式部會。」

我無論何時都在思考如何強化自己。

身為「朋友角色」的瀧音幸助哪些方面能勝過「男主角」聖伊織？

就能力方面來說就是魔力量吧。豈止勝過伊織，甚至壓倒性勝過琉迪、聖女、莫妮卡會長等魔力量高的角色。

但是，魔力消耗也相當劇烈。

當發現他就算不行動也會逐漸消耗魔力就把他踢出隊伍的玩家也很多吧。魔力隨時被消耗對一部分的遊戲玩家來說是極度不愉快的事。

說是這麼說，因為某種角度可說能力相當集中，只要懂得運用，這個角色還是有其用途。雖然因為成人遊戲的特色，永遠被迫屈居於女性角色之下就是了。

再者就是長相。遊戲中女主角們的評語是只要不開口，長得還算可以。與被評為長相平凡或可愛系的伊織相比，瀧音幸助的長相還比較常得到稱讚。單論長相的話。

遊戲中瀧音勝過主角的部分大概就這樣了。

也許還有其他優勢，不過基本上可說是誤差範圍內或無足輕重。

然而，我並非遊戲中的瀧音幸助，現在我在某些條件上壓倒性勝過男主角聖伊織。

那究竟是什麼？

就是金錢與權力。我家那位「花邑毬乃」堪稱學園內與魔法學會的權力象徵。權力這種東西多多益善，在順利推動事情方面極其有用。許多事先準備，若沒有毬乃小姐就無法辦到吧。

而且我現在也得到了三會之一式部會的權力。憑著這份權力，在學園內可行動的範圍得到擴展，也能進入非去不可的迷宮。

另外，金錢的差異又如何？

錢當然也是多多益善。在遊戲中只要能大量購買消費性道具，就算在等級低且裝備弱的遊戲初期也幾乎不會因怪物陷入苦戰。況且隻身挑戰月讀迷宮的難度遠在我自身的實力之上，要是沒有錢，想必連考慮的餘地都沒有。

如果我沒有錢，在攻略最低限度必須去的迷宮之後一定要耗費時間賺錢。

當然我在遊戲中用過形形色色的賺錢手段，只要有時間，賺錢本身並不是多大的問題。前提是有時間。

另外，我也知道幾招ＲＴＡ等玩法會使用的驚人賺錢術，但那必須拋開倫理觀念才能實行。就各方面來說，最讓人印象深刻的就是「開店」的事件吧。

在魔探中，只要觸發事件就能擁有自己的「商店」。

在店裡可將自己用過的裝備等物品以不錯的價格賣給學生或冒險者。

考慮到維持店面和準備的工夫，我不認為獲利合乎時間和風險，因此不打算自己開店，但伊織也許會這麼做。

聽說伊織目前因為討伐魔族，手頭變得較為充裕，不過那想必只是杯水車薪，考慮到耗費應該是入不敷出。武器、防具和消耗性道具，再加上推動事件所需的金錢。

光是隨便想想都能列舉這麼多。

如果伊織要開店，我一定會光顧，購買東西來幫他補充金錢。要我幫忙開店也不是不行。

這一點我確實有利。不知為何花邑家就備有一定程度的武器，還有金額高得難以置信的零用錢。

此外，創下月讀迷宮第四十層最快攻略紀錄的獎賞也十分優渥。

直接拿到的點數，加上變賣我在迷宮內順便收集的魔石和用不到的物品等等，讓我拿到了驚人的月讀點數。

要在學園外當作金錢使用需要經過兌換，不過即使把兌換手續費和比率算進去，仍然是很大一筆錢。

而我在現實中還有高級公寓等的收益自動匯進來，老實說，光是這項就足以讓我揮霍度日了。

「考慮到這些條件……日後該怎麼辦？」

以持有金錢和權力為前提，我已經擬定數個計畫，不過計畫想必會出現意外。

日後將發生的三會事件會根據玩家加入的組織而大不相同。而且視事件推展的方法，入會的人物也會跟著改變。雖然成功條件非常嚴苛，只要知道方法，也能讓奇怪的角色加入三會。

此外，儘管加入式部會，還是能引發其他會的事件。不過事件內容會根據玩家加入的組織而有所變化，風紀會與學生會專用的事件中有數個就不會發生了。

那麼，在與三會有關的事件中，頭號的未知要素就是我自己。

由於存在感異常強烈外加渾身都是不確定要素的我登場了，我擔心有幾個事件會就此無法觸發。

如果真是這樣，我應該主動出手，以強硬手段引發事件。若非如此，就遊戲劇情來說日後可能會造成麻煩，而且我也成為式部會成員了，還是要做好本分比較好。

只是，也有些事件可以預料一定會發生。那同時也是若非成為式部會成員就一定不會發生的事件，也是強制發生的事件。

她一定會來找碴吧。毫無疑問一定會來。

目前她的行動還相當低調，不過成績已經公布，我成為一年級第一名的當下，她大概也沒辦法繼續保持低調了吧。

髮型被玩家以鑽頭或牛角麵包來形容，那位個性再標準不過的高傲千金，而且非常適合高聲大笑。

遊戲中的伊織也說過，她正是……

我想到這裡，房門傳來叩叩聲響。是琉迪來敲門。

「幸助，我們走吧？」

我點頭回應。今天是和琉迪約好一起去吃拉麵的日子。

刺眼陽光灑落在我們身上，但不覺得特別熱。

朝著無垠藍天伸長手臂，使勁伸懶腰，睡意和疲憊好像被趕出身體，讓全身倏地變輕，不可思議地感覺很舒服。

走在身旁的她神情雀躍，不時吹起的風拂動她那頭美麗金髮，她慣用的潤髮乳香氣隨風四散。

她伸手撥開被風吹到眼前的瀏海，輕輕吐出一口氣。

「好舒服的風。」

「……是啊。」

的確是非常適合外出的好天氣。

琉迪剛出門時心情就不錯了，走在這片晴天下更顯得愉快。

也許是遇見了在門上方做日光浴的貓更增添了琉迪的好心情吧。貓咪猛然伸展四肢，擺出一臉像是感到煩悶又像是懶散的表情，換作人類大概稱不上賞心悅目，但是在貓身上就顯得特別可愛，未免太不公平了。

而琉迪帶著爽朗的笑容凝視著那隻貓，耳朵則隨著貓尾巴的動作不時顫動，這樣的她也只能用不公平來形容。

她那有如果實般飽滿的雙脣之間說出了「喵～～」這樣的貓言貓語，但很可惜，似乎無法與貓溝通。不過對我豈止是直達心底，甚至還打出暴擊，差點把我一招擊暈。坦白說，我希望她用貓語對我傾訴，但我可能會興奮得有如豬公鼻孔噴氣，所以在旁靜觀也許是最好的選擇。

我們來到鬧區時，我用眼角餘光確認時間。

「要不要先去別的地方？」

我這麼問道。

因為就這樣前往大概會碰上午餐時的人潮。我說完，她便點頭答應。不過還有個問題。我只是想避免排隊才這麼說，至於該去何處打發時間，我完全沒有具體的主意。現在我才覺得早知如此，也許該先仔細讀過奈奈美幫我構思的計畫。

『我很擔心主人，以至於只睡了七個小時。所以我為主人構思了今天的行程，保守來說也堪稱最佳的約會行程。』

出門前，她看準琉迪不在的時候這麼說，並且悄悄遞給我一張紙。

我是覺得一點也不需要擔心，不過既然她都說了保守來說也是最佳行程……

『妳明明就睡得很飽吧！』

我一面吐槽一面心懷期待地看她的行程表，但計畫中一出門就要用帥氣的嗓音誘惑她，之後直接上旅館，因此我馬上撕掉行程表並退還給奈奈美。而且不知為何上旅館這部分還有奈奈美預定同行，這也是吐槽點吧？

不過一想到如果有六月雪般的奇蹟發生，除了那裡之外都是認真構思的可能性，也許我太急著撕掉了。

「琉迪，妳想去什麼地方嗎？」

「這個嘛……」

她呢喃說著，快速掃視周遭。出乎意料的是，她的視線停駐在隨處可見的超市。

「就去那邊吧。」

「喔，可以啊。」

超市啊？為什麼會選超市？

琉迪是千金大小姐。這可能是偏見，我自己也覺得我這種一般人正常來說不能隨便靠近她，也認為她應該鮮少涉足這種庶民的店家。

因為她似乎連便利商店都很少造訪，那麼超市大概也相同吧。也許她其實想逛逛庶民日常生活的場所？

雖然我想這麼問她……看她一直線走向擺泡麵的貨架，面露無比認真的表情，也許我的猜測並不正確。

琉迪雙手各拿一碗泡麵並仔細端詳，我注視著她。

今天的她將金色長髮編了辮子綁成公主頭，平常披在背上的長髮在側邊綁成一束，因此能將她白皙美麗的後頸盡收眼底。

她穿便服時常選擇這個髮型，我也覺得非常適合她。哎，不管是什麼打扮，天生麗質的她想必都合適吧。

大概是因為我一直盯著她，她看向我，歪過頭。

「只是覺得這個髮型很適合妳。」

「是喔，謝謝。」

她格外冷淡地回答，立刻轉頭向前。但是我清楚看到了，原本嚴肅而緊抿成一線的嘴唇變成笑容。

接下來就要去吃拉麵的我們卻買了泡麵。把泡麵放進多次元收納袋（道具箱）後，我們離開了超市。

因為擺在出入口的特價傳單上的蘿蔔，我們的話題轉向一夜漬，熱烈討論最好吃的佐料。

「白蘿蔔是不錯，不過小黃瓜也很好。」

「櫻桃蘿蔔和蕪菁也不錯喔。」

我們這麼聊著，先去裝飾著長得像瑪麗安娜的玩偶的日用雜貨店，之後才前往我們原本要去的拉麵店。

故意錯開午餐時段大概奏效了，常常大排長龍的店門前雖然還是有人在排隊，但應該不用等太久。

等了十分鐘左右，我們進入店內。

「就點這間店最有人氣的麵吧！」

這間拉麵店的招牌，同時也最有人氣的好像是湯上浮著一層油的濃醇味噌拉麵。

琉迪如此說道，眼中閃爍著期待的光芒，點了濃醇味噌拉麵。她臉上掛著好像要哼起歌的微笑，雖然都點好餐了，依舊打量著菜單，擺明了以後還想再來吃一次。

我刻意想點和琉迪不同的口味，便點了爽口味噌拉麵，隨後我看向琉迪正在看的菜單。

琉迪不挑食，不管是油膩的豬背油或是加了大量大蒜，她都能吃得一乾二淨，甚至要求加麵。想必這次同樣不會吃不完。

而且琉迪一來到拉麵店就會比平常多話，今天也不例外。

「然後啊，聽說使用特殊的魔法就能幾乎不讓味道劣化，製成即食品喔！」

「妳不知不覺變得很懂拉麵耶……」

我們聊的也不只是拉麵。

「聽說之後里菜同學猛踹了橘子一腳。」

日常瑣事或讀完的漫畫和書籍，她不管什麼話題都能與我暢談。看到這樣的她，我自然面露笑容。

幾分鐘後，拉麵擺到我們面前。

琉迪迫不及待地眼神發光，宛如出席紀念典禮般端正姿勢，與拉麵面對面。

紅褐色湯頭表面浮著一層油光，麵條則是黃與灰混合般的色澤。在旁點綴的蔬菜類，還有看起來十分入味的水煮蛋，再加上厚切又大片的叉燒肉。

相較之下，我的拉麵又如何？浮於湯面的油脂較少，麵則比琉迪的泛黃，此外好像比琉迪多幾片叉燒肉。

琉迪說了「開動」之後便用湯匙舀起湯，先聞過香氣再送入口中。

「簡直是美味精華的暴力……」

她如此評論。

我也用湯匙舀起一口湯，將飄著青蔥的湯送入口中。

因為點的是不同的拉麵，有不同的感想也是當然吧。我覺得優雅這個字眼比較符合，提味用的青蔥更凸顯了湯頭本身的味道。

簡單品味麵條後，將叉燒肉放入嘴裡。叉燒肉非常柔軟，入口即化般使肉的味道立刻充滿口腔。

「叉燒本身調味不重，這點分數很高。」

凸顯了肉原本的美味，這種調味堪稱最合適的調理法吧。

我這麼說完，琉迪便一直盯著我的叉燒肉，而我也看向琉迪的叉燒肉。

仔細一看，厚度也不太一樣。也許是配合湯頭的濃淡程度，改變叉燒肉的厚度和調味。如果真是如此，那可真是超乎想像的講究啊。

我再度看向琉迪的臉龐。

她表情嚴肅但眼神閃亮，難道世上有人能抗拒這樣的她？

「請用。」

她伸出戴著綠色戒指的手，把大碗拉向自己。隨後毫不猶豫地喝了湯，又將一片叉燒肉送進自己口中。

「真的能感覺到肉本身的美味……！」

那模樣讓我不由得露出笑容。這位女性吃拉麵吃得實在太享受了。

為什麼女性品嚐料理時享受的神情看起來會這麼可愛呢？光是在旁欣賞那神情，我不只是肚子，就連心靈都覺得滿足。

「嗯？你幹嘛一直看我？該不會想吃我這碗？」

「那我就吃一點。」

我說完便舀了少取湯汁飲用，之後開始吃自己的拉麵。

在這之後，我吃完拉麵，正想著剩下的湯該怎麼辦的時候，琉迪開口了：

「對了，你也許已經知道……今天早上，雪音學姊邀請我了。」

我點頭回應。

「我……打算加入風紀會。」

「很不錯啊。」

對於琉迪加入三會，我個人也贊成。當然考慮到她身為公主的立場，式部會的確不大適合。相對來說，若加入學生會和風紀會，公主這個頭銜就不會成為束縛，畢業後的評價也會上升。

「不過那是雪音學姊個人的邀請，她說還沒得到斯卡利歐聶聖女的同意。」

「不用擔心，憑琉迪的實力一定行，不可能無法加入，聖女不會拒絕的。」

「你為什麼這麼胸有成竹啊？」

因為聖女大概覺得根本無所謂吧。當然這我不會說出口。

「就我的主觀來看，豈止是理所當然，不讓妳加入才是愚蠢至極。就客觀角度來看，聖女大概也會說歡迎妳加入吧。」

成績優異、廣受歡迎、戰鬥力也高，無論就主觀或客觀來看都是最佳人才。

「我了解琉迪，我只反對式部會，不過學生會和風紀會都很適合妳。如果想讓自己更加成長，那就更應該加入。既然妳要加入，我也會為妳打氣，或者該說日後一起努力下去。」

「問題就在這裡。」

琉迪比我先吃完拉麵，把大碗推到一旁方便店員收拾。

「三會到底在做什麼？」

她問的大概不是表面上的部分吧。

我看了看四周，輕吐一口氣。

「……換個地方聊吧。」

「請慢用。」

身穿麻葉圖樣服裝的女性說完便低頭離開房間。她帶我和琉迪來到的和室中只有我和琉迪兩人。

琉迪說了開動後，開始品嚐抹茶起司蛋糕。我對洋溢著笑容的她問道：

「在開始說明前，我想先問一下妳對三會到底知道多少。」

「學生會要負責舉辦園遊會和月讀大會之類的活動吧？風紀會就如其名，主旨是維持校園的風紀吧？」

我點頭。

「然後我加入的式部會，就是負責監察和人事等等，其他就是各種準備工作。」

嗯，這些資訊只要用綜合資訊終端機（月讀旅行家）就能連同校規一起查到，可說是眾所皆知的事實。到這邊為止並非祕密。

「那麼，妳也許已經察覺，其實三會除此之外還扮演其他角色。」

「我不知道詳情，但或多或少猜到了。一看到你加入式部會，猜測就變成確信。和你有交情的人應該都覺得不太對勁吧？」

像是伊織和里菜同學等人——她補充說道。

確實這兩個人肯定覺得不太對勁。況且伊織已經加入學生會的下級組織，被視為前途有望的學生，在不遠的將來就會得知很多事吧。

「如妳所說，背地裡有扮演其他角色。」

「我想也是……」

「至於三會扮演的角色……嗯～～先從主題開始談起。每個會都有象徵其隱藏職責的詞彙（主題）。風紀會是『正義』、『模範』，學生會是『模範』、『目標』，式部會則是『目標』、『宿敵』。」

「有些主題重複了耶。」

「沒錯。三會雖然有各自不同的主題，其實這些主題都是為了達成某一個目的。」

「只有一個？」

「沒錯，就是提升學園生的能力。」

「……聽起來很正常耶。」

「當然很正常啊。不過若問魔法學園為何而存在，就數這個目的最重要吧？」

畢業後，有人會投身研究，也有人會加入騎士團；有人會成為冒險者邁向新世界，也有人會成為攻略迷宮的探索者。他們最渴求的正是各職業所需的能力，而魔法學園就是為了培育能力而存在。

「是沒錯。」

「那麼，就一個一個說明吧。首先從風紀會開始……哎，學姊之後應該會詳細告訴妳就是了，我就大概提一下。『模範』就是字面上的意思，是表現出在學生們眼中稱得上模範的態度。至於『正義』，妳應該大致理解吧？因為風紀會要維持學園的風紀，不過，其實還有另一個職責……這部分妳之後再找學姊問清楚吧。」

「去問雪音學姊？……我知道了。」

我喘口氣，吃了一口抹茶聖代。

「那接下來就是學生會……在這之前，要先知道一個前提。」

「前提？」

「對，讓妳更容易理解……那麼，為了提升學園生的能力，該怎麼做才好？」

「太籠統了，很難回答耶。呃……讀書、訓練，還有進迷宮吧？」

「是沒錯，不過——」

我點頭，將抹茶聖代送進口中，之後抽出湯匙，揮劍般插進冰淇淋。

「讀書和訓練也有品質的高低之分。」

「品質？」

「對啊，訓練也有好壞之分。訓練的好壞會決定對自己有多少幫助。」

「我大概能理解你想說什麼。」

語畢，琉迪把叉子擺到盤子上。

「簡單說，修行時若有好老師和好地點，就會比一般的訓練更有成效。是這個意思吧？」

「沒錯，就是這樣。學生會和式部會的職責就與提升品質有關。」

「什麼意思？」

「學生會和式部會的職責是讓學生更有效率地學習，沒錯，就是提升對各方面都有影響的莫大要素，也就是『動力』。」

有些學生容易因為受誇獎而成長，有些人則需要嚴格對待；有些學生因為有夥伴和目標而湧現動力，也有些人找到視為目標的敵人而更有動力。

「比方說，看到最喜歡又最尊敬的學長在圖書館認真念書，自然會覺得我也該好好用功吧？或者是看到惹人心煩的討厭傢伙平常不來上課、成天玩耍，自然會覺得不想輸給他而努力用功吧？」

「的確如此……原來是這樣。」

「沒錯。學生會的主題『模範』、『目標』，成為學生們憧憬的『目標』，藉此提升學習的動力，這就是學生會的用意。此外有時也必須站在學生那一方，予以稱讚或安慰等，推學生一把。」

「嗯。如果學生會是『憧憬的目標』，那式部會的『宿敵』和『目標』……就是這麼一回事吧。」

「對，就和妳想的一樣。式部會的主題『目標』與『宿敵』，就是故意佯裝反派，集學園內的負面情緒於一身，扮演『讓人想超越的敵人』，成為學生的『目標』。」

「因為你加入了，我便覺得式部會也許不是真的壞人。原來那是故意裝出來的反派喔？」

哎，這大概是遊戲世界才能成立的設定，在一般學校想必不會順利，況且根本無法實施吧。

「此外，式部會成為學園生的公敵，同時也能達成其他職責。對風紀會和學園而言，這部分也許還比較重要。」

「其他職責？」

「對，那就是讓學園生團結一致以改善治安。」

「使學生團結以改善治安？」

「若要讓學生團結起來，設下共通的目標也是辦法，不過樹立公敵能帶來的團結度更是壓倒性地高。然後只要有怨恨和妒忌，更能讓人團結。而且……」

「而且……？」

「有時候敵人的敵人就是朋友吧？所以盡可能一手接下負面情緒，讓那些情緒不要指向式部會之外的目標。」

不過這有時會惹禍上身，屆時還是需要其他應對手段。

琉迪稍微瞇起眼睛。

「這樣說來，式部會不會很危險嗎……？」

「正因如此，要進入式部會有條件。出類拔萃的實力，或者學園外的權力。」

琉迪明白似的點頭，用叉子切割起司蛋糕。

「花邑家加上獨力攻破四十層的實力……想必不會有人找你麻煩。不過就算這樣，還是無法完全防範於未然吧？應該會有人找你決鬥。」

「這大概是遲早的事。」

公開發表入會應該會招來一陣風波，在那之前得先好好遊說同班同學。

「不過學長姊要對一年級生提出決鬥還有好一陣子的禁止期，會找我麻煩的只有一年級生而已。才入學沒多久，會找我決鬥的人肯定沒……啊。」

「……好像聽見了讓人擔心的字眼。」

「不、不會啦，應該沒事。況且要論勝算，應該是能打贏。」

我忘了那個高傲鑽頭大小姐的存在。那女孩……讓我有種不安的感覺。哎，未來的我應該會想辦法搞定吧。

「喂，你的表情很緊繃耶……」

「不會，沒事的。嗯，沒事沒事。很好，我已經告訴自己沒事了。言歸正傳，呃～～剛才講到式部會吧？」

「根本就不像沒事……要是發生什麼事要告訴我喔。」

「謝了。有需要再找妳幫忙。」

不過關於她的問題，大概無法找琉迪幫忙就是了。

「哎，式部會的職責比較特殊，會招人怨恨，說不定還會被偷襲。所以啦，必須有一個組織在私底下偷偷保護我們。」

「我懂了，是風紀會吧。」

「嗯，就是這樣。表面上看起來像是互相敵對，但私底下官官相護。為了讓學園生同仇敵愾，有時會連同學生會一起演戲，結束之後三會再一起開慶功宴。」

「該不會我們第一次看到的三會鬥爭……」

就是我向伊織他們解釋三會的那次吧？那當然。

「當然是演戲啊。」

琉迪聽了輕嘆一口氣。

「光聽這個部分，感覺風紀會的『正義』也不像『正義』嘛。」

……不錯的切入角度。

「哎，大致上就是這樣吧。若要詳細來說，背後還有其他事情要做，不過今天暫且先說到這邊。」

她應該能理解大綱了。嗯，其實除此之外背地裡還有競爭關係，三會也還有「真正的職責」。至於「真正的職責」，就早點攻破六十層，請會長她們親口說明吧。

「你已經開始在式部會做事了嗎？」

「是啊，目前好像要先幫我辦歡迎會。風紀會大概也會幫妳辦吧。」

而且在遊戲中每個會都會辦。

「是這樣啊。」

「是啊，學姊一定會幫妳辦的。那麼我們就開始好好品嚐聖代吧。」

我用湯匙挖起抹茶冰淇淋，送進口中。

不久，琉迪吃完抹茶起司蛋糕，低聲呢喃：

「吃了甜的就會想吃拉麵啊……等等，我已經吃很飽了，不會真的去啦。不要用那種眼神看我。」

「耶————！呼～～～～～～～～～～————歡迎來到式部會！」

「謝、謝謝。」

我道謝的同時，看向拉開響砲的兔耳學姊。她將響炮投進垃圾桶後，立刻換拿玻璃杯，隨後一手扶著我的肩膀，高高舉起酒杯。

「真是恭喜啊～～！人家之前就覺得你一定會來三會，沒想到選了式部會啊～～耶～～～～～～～」

她說著，眼睛變成><的形狀，把雞尾酒杯推向我的臉頰。雖然個性和遊戲中相同，這股熱情還是讓我難以招架。

突然間壓力消失，我定睛一看，發現奈奈美抓著她的後領把她拎起來。

「啊啊～～被抓到了～～～～！耶～～～～～～～～～～～～～～！」

儘管後領被抓住，整個人被拎起來，她還是喝著杯中顏色有如藍色夏威夷的液體。

「她喝醉了嗎？」

奈奈美大概是因為她手中拿的玻璃杯是雞尾酒杯才這麼想，但是——

「不，只是腦袋總處於沸騰狀態而已。」

我明白這種心情，但講法未免太過分了吧？

「喂喂喂！態度也太差了吧，小紫！」

「可不可以別那樣稱呼奴家？」

紫苑學姊嘆息道。貝尼特卿見狀笑著說：

「哈哈哈，這也是她的優點嘛！那麼，就對新會員做個簡單的自我介紹吧。」

他舉起手掌擺在胸前，親切地笑了。

「我是擔任式部卿的貝尼特．伊凡吉利斯塔。因為可能會和我妹妹搞混，就叫我貝尼特吧。」

說完他眨了單邊眼睛。因為人長得帥氣，非常適合他。

「奴家是式部大輔姬宮紫苑，直呼紫苑就好，多多指教。」

語畢，紫苑學姊與我握手。緊接著兔耳學姊喊著：「我我我～」不知何時逃出了奈奈美的手掌心。

「我是校刊社的社長兼總編，也是月讀魔法學園的偶像，名叫愛薇！要心懷愛意叫我愛薇喔！」

「我是瀧音幸助，旁邊這位是——」

「美少女女僕奈奈美，直呼名字或叫我小奈奈也可以。」

語畢，奈奈美鬆開剛才抓著愛薇的手，行了屈膝禮。

愛薇就這麼掉下來，一面喊痛一面撫著長著毛絨絨尾巴的屁股。真是讓人想當椅子的臀部。

「謝謝你來到式部會。還有，不好意思，給你這種急就章的歡迎會。」

「不會，光是舉辦就讓我很高興了。」

「你是怎麼啦，講話何必這麼拘謹。」

話說完，紫苑學姊把手擺到我肩上。

「但是各位都是學長姊……」

「不過現在都進同一個會了，放輕鬆點。稱呼奴家紫苑就好了。」

貝尼特卿也連連點頭同意這句話。

「對對對，在式部會用不著那麼拘束！」

「不過風紀會和學生會就有重視禮節的傢伙，和那些傢伙交談時要注意喔。」

我點頭。隨後奈奈美便提問：

「請問其他成員呢？我聽說式部會在各年級都有兩名成員。」

聽奈奈美這麼問，紫苑學姊便神情尷尬地搖頭。

「啊～她們這次來不了。其中一人非常想來，但有要事待辦而抽不出身。」

「那另外一人呢？」

雖然我知道理由，還是順著話題提問。

「啊～那位和奴家同年級，不過從不接電話，傳訊息也不曾顯示已讀。你就當成家裡蹲吧。」

「以後有機會再向你介紹她們。見到在場的成員，我想你應該會湧現另一個疑問才對……」

所有人的視線轉向艾薇學姊。

「被發現了喲！」

「不久前我聽聞了校刊社與貝尼特先生彼此對立的消息。在那之後，聽說校刊社針對貝尼特先生……簡單說就是發表了兜著圈子冷嘲熱諷的文章。」

「哎呀～被別人注意到真是害羞！直攻最佳女主角獎！」

「情緒還真高昂。」

「隨時都能分享她的朝氣呢。那麼，我按照順序說明。也許兩位都知道了，學生會和風紀會有負責輔佐的組織，像是每個班上都會選出一名的學年委員會。但是委員會中也有幾個人是受到學生會或教師們推薦而加入，這些被推薦的人選同時也是學生會的候補人選。」

現在的伊織就是其中之一，他是被會長推薦而加入學年委員會。第一次接觸遊戲的玩家應該都是從這個管道加入三會。

「風紀會的則是生活美化委員會，這邊就幾乎只能靠推薦加入，裡面每個人都是風紀會的候補人選。」

「學生會和風紀會同樣都是有優秀的人才就會採用，哎，今年厲害的新生特別多，也有可能跳過所有流程，直接拔擢為正式成員喔。按照往年的話應該會慢慢往上爬，但今年應該有不少人會直升。」

說完後，他看向我。

「原來如此，我明白了。那麼愛薇小姐呢？」

奈奈美這麼說，貝尼特卿點頭回答：

「她是非官方的式部會輔佐人員。換言之……」

「在校刊上把式部會寫得惡行惡狀的校刊社，其實和奴家等人私底下你儂我儂。」

語畢，紫苑學姊喝乾了高透明度的紅色液體。

「所以說人家也知道三會的職責～～！之前的對立統統是故意的～～全都是演戲

啦，演戲！」

語畢，愛薇學姊笑了。

「不過校刊社中還是有些學生不曉得祕密，要注意別說溜嘴了。」

「所以今天由我們這些人與會。」

「原來如此。感謝各位的說明。」

「那麼，接下來原本想讓卿請各位吃水果……不過還是先談工作內容吧。」

「對了對了，瀧音，你先做好心理準備喔。我們式部會……」

貝尼特卿說到這裡，面露認真表情。紫苑學姊肅穆的表情從旁看上去好像遭遇了重大問題，連愛薇學姊也垂下耳朵，視線朝下。

在這氣氛中，貝尼特卿簡短深呼吸，開口說道：

「其實…………我們幾乎什麼事都沒做喔！」

話一說完，立刻放鬆嚴肅表情，笑了起來。坐在旁邊的紫苑學姊也捧腹大笑。

「雖然名義上負責監察，但學生會太優秀了。」

「芙蘭這傢伙稍嫌死腦筋，不過很有才幹，隨便簽個名交回去就好。」

「所以有校刊社還比較忙的嫌疑喔。這就是現實～～！」

「就是這樣。而且背地裡的工作也很簡單。」

「是這樣嗎？」

「人性非常有趣，只要一度被別人討厭到極點，之後不管做什麼都會讓別人覺得心煩氣躁。」

「正是如此，奴家深有同感啊。哈哈哈！」

「這樣一來，除非有非常重大的變化，否則好感度不會改變。既然目的已經達成，接下來就自由了。」

「偶爾也會故意煽動學生就是了。」

「只要隨便引發某些騷動，人家這邊寫點報導，大概都能達成。」

「哎，如果這樣能補充他們的幹勁，要我怎麼幫忙挑釁都可以。對了，瀧音，我想對你是不需要擔心，不過還是有句話要先告訴你。」

「請問是什麼？」

「你會吸引比現在更多帶有惡意的視線喔。」

貝尼特卿連連點頭，繼續說：

「會比現在更多？」

「嗯，會啊會啊。你已經是在學園內飽受矚目的學生了，不管是外表、交友範圍、能力都不例外。我想你原本就是學生們較負面感情的眾矢之的。」

嗯，先前琉迪那件事也讓我感覺到視線，雖然我不怎麼介意。

「不過，接下來有可能必須承受過去無法比擬的惡意。」

「在奴家等人加入之前，式部會就一直活動至今，也因此眾人的惡意一直一～～直累積在式部會身上。」

「所以我們才是『宿敵』。明知如此還能貫徹到底的人才能加入式部會。」

「式部會不允許退會，因為一旦被當成膽小鬼，過去累積的一切都會付諸流水。」

「沒問題。日後還請多多指教。」

「哦？有膽識！……奈奈美不考慮看看？不正式入會嗎？」

「妳的邀約確實讓我備感榮幸，但是我除了擔任主人的女僕，不打算增加工作。」

奈奈美似乎無論如何都不打算加入式部會。哎，不過我為式部會工作時她也會跟我一起，實質上也幾乎等於加入式部會了吧。

「話說回來，讓奈奈美待在這裡真的沒問題嗎？」

「嗯，沒問題啊，因為奈奈美同學有那張卡片。在不同場合，甚至比我的式部卿這個頭銜更有權力。」

平常的奈奈美應該會得意地發出「哼哼～～」的聲音，把卡片秀給我看，不過今天在她身旁的不是學姊和琉迪，而是紫苑學姊和貝尼特卿，還有愛薇。

哎，她面對這些人同樣笑得洋洋得意就是了。

不過，毬乃小姐為什麼要給她這種東西啊……嗯，從毬乃小姐的個性來想，大概是為了幫忙我才給的吧……畢竟那個人的保護欲很強嘛。也因此，我對毬乃小姐實在是感激不盡。

「因為式部會和學生會或風紀會不一樣，各方面都很特殊，裡頭就算有個專屬女僕也不會有什麼問題。」

「或者故意用這點招惹憤慨可能也是好主意。不過你們好像已經正在實踐了。」

我點頭回答「有道理」。

因為奈奈美在入會前就知道我的目的，有時似乎會故意招惹注目，但最大的理由大概是想看我的反應找樂子吧。

「那麼，關於公布瀧音入會這件事，該怎麼辦？乾脆明天就公布？沒問題？」

「嗯，我沒問題。」

對同班同學的事前溝通已經完成，其實都是伊織他們幫忙的。就算我變成式部會的瀧音幸助，應該也沒問題。大概吧。

「那就公布在公告欄上吧？」

「說的也是……剩下的就請人搧風點火吧。」

「瀧瀧★的問題就交給人家！人家來編造一～～～～大堆謠言！」

瀧瀧是誰啦。

「瀧音光是有現在這些事蹟就很夠了吧……話說你是花邑家的人，這件事你是刻意不公開的嗎？」

「不，我沒有刻意避談……只是沒人問我，我也沒有回答而已。」

原來如此啊——貝尼特卿如此呢喃。他閉上眼睛，雙手抱胸，不知在思索什麼，不久後他睜開一邊眼睛，愉快地笑了。

「那可以趁現在昭告天下嗎？你身為花邑家一員這件事，好像比你想像中更不為人所知。」

「好的，可以啊。」

「呵呵，呵呵呵，人家好像可以寫一篇不錯的報導喔！」

雖然我沒有刻意聲張，但也沒故意隱瞞，然而似乎比想像中更不為人知。

「這件事我希望盡可能自然而然地發表。愛薇，能辦到嗎？」

「了解，明白了喲。對～～了，人家之後要寫校刊用的文章，瀧瀧和小奈奈都要幫忙喔。」

「好，我明白了。」

「話說回來，很久沒有這麼認真做式部會的工作了啊。哈哈哈哈。」

「的確如此，最近都沒有表面上的工作。雖然奴家私底下跑去幫忙學生會和風紀會就是了。對了，你攻破四十層讓風紀會和學生會傷透腦筋了喔。」

「是，我已經向學姊道歉了……」

「哎呀，對那傢伙最不需要道歉。她中意你的程度簡直超乎想像，態度像是這點小事根本不足掛齒。哎，聖女看起來似乎覺得很麻煩，不過她平常就這樣了嘛。」

我只能哈哈笑著帶過。

紫苑學姊說到這裡，像是突然想起什麼似的拍了手。

「喔喔，對了，話說風紀會好像也多了一位新人，實力非凡。」

「嗯，是琉迪吧。學姊和本人都告訴過我了。」

「哦……」

這時貝尼特卿低聲呢喃，隨後挑起嘴角一笑。

「怎麼啦，卿啊？笑得那麼不懷好意。」

「沒什麼，只是想到一些事。不過，早在水守副隊長宣言的時候，我就有點感覺了，現在算是變成確信吧……呵呵。」

「……感覺很詭異耶，卿到底發現了什麼？」

「目前就先保密吧。對了，瀧音。」

「有什麼事嗎？」

「我啊，有些事情想問你。」

「有事情想問我？」

「是的，沒錯。只要回答你知道的就好。一年級生之中，可能有潛力加入三會的明日之星有哪些人？」

我聽了便開始沉思。聽見這個疑問，我能提出好幾個人名。

單論實力的話有卡托麗娜，加上個性的話有委員長，結花則是實力與狡猾兼備。此外還有那位獸人族的同學，以及貝尼特卿的妹妹。不過——

「我矚目的人物其實有很多，但這之中有個人特別出眾。」

頭號新人不管怎麼想都只有一個。

「哦～～人家可以找那個人進校刊社嗎？」

「很遺憾，他已經被看上了，而且愛薇學姊大概也直接見過。」

因為月讀校園報已經報導了他討伐魔族的消息。

「紫苑學姊和貝尼特卿也請先記住這個名字。光論潛力的話，能與莫妮卡會長相提並論。」

也不輸給魔探三強的學姊及初代聖女。

「……除了你之外，還有這種怪物嗎？」

「咦咦～～那真的是生物嗎？」

「哦？真讓人好奇。」

我被視作怪物了嗎？

「是的，他絕對會衝上這個階級。現在雖然算得上顯眼，日後聲望還會更加水漲船高吧。」

「真讓奴家好奇……究竟是誰啊？」

「別說是學生會，式部會應該也聽過那個名字。」

在近距離戰鬥、遠距離魔法、可習得技能、成長力等全方位天賦異稟，《魔法★探險家》的男主角。

「聖伊織。」

——琉迪視角——

風紀會一板一眼的入會式結束時已經是下午課程結束，學生們踏上歸途的時候。

「不好意思留妳這麼久，琉迪。應該有很多事讓妳吃驚吧？」

「幸助事先有告訴我一些事……但我還是嚇了一跳。」

一切就如幸助告訴我的，原以為互相對立的三會內部其實一團和氣。而且據說平常樹立最多敵人且最受學生厭惡的式部卿，在三會之中最懂得調劑氣氛。

學姊用眼角餘光掃視走向學園宿舍的學生，輕嘆一口氣。

「今年的新生還真不容易……」

「會嗎？」

「是啊，很辛苦。同年級中……就有個單人攻破四十層，還加入三會的傢伙是比較對象耶。」

我不由得苦笑。

「的確如此。」

雪音學姊呵呵輕笑。

「就好像颱風登陸之後一直停滯不走。」

雖然雪音學姊說他之後應該還會惹出新的麻煩，但看起來並不以為忤。

「多虧他，一年級的氣氛和去年截然不同。而且他都加入式部會了，想必接下來隨時隨地都是注目的焦點。」

他確實會成為注目焦點吧，而且是就負面意義而言。

原本以為不如自己的那個人；原本在心裡瞧不起的那個人；基本上放棄上課，鮮少來到學園的那個人——現在那個人創下了豈止是一年級生，就連高年級生都難以達成的紀錄。

而且幸助雖然向我們透露了實際上十分艱辛的真心話，對其他人卻總是半開玩笑地蒙混帶過。

所以現在外界對他的評價應該是「難以捉摸的高手」。單人攻破迷宮四十層成了眾人對他刮目相看的契機。

但是，因為他加入式部會，刮目相看後稍微回升的評價會全部收回，甚至會比之前更被學園生討厭。

然而幸助這次也不會介意。我敢這麼說。

之前原因在我身上的時候也一樣，學園生之間的流言或誹謗，我原以為對幸助是陣逆風，常人會難以支撐而偏離正軌，因此跌跤，不只無法向前，甚至有必要找地方暫時藏身，或被吹得向後退吧。

但幸助不同。

對幸助而言，那不過是陣微風。自從奈奈美來了之後，他看起來甚至像在享受學園生的反應。

他宛如反倒利用那陣風，鳥兒振翅般飛向廣大的天空。

不，幸助早已振翅翱翔。飛翔的他給了我們名為可能性的翅膀。

「幸助……真是了不起。我也要好好加油才行。」

「……在我看來，琉迪也同樣了不起。」

「我也一樣？」

「把瀧音當作比較對象才會讓妳有這種感想……別忘了妳同樣加入三會了喔。」

語畢，學姊注視著月讀旅行家。

「時間到了，我們去看公告欄吧。正式發表差不多要公開了。」

我點頭，朝著公告欄邁開步伐。

在公告欄前方，正要回家的人們停下腳步，盯著畫面。

附近三名女學生瞪大雙眼，半張著嘴，愣愣地看著公告欄。看她們別在制服上的胸針，應該是三年級生吧。

她們其中一人呢喃說道：

「不會吧？」

「……從來沒聽說過會在這種時期任命。」

她們仰頭看著公告欄，如此低聲說道。

NEWS BOARD

任命

下列學園生為

式部會 副會長職

「式部少輔」。

一年級

瀧音幸助

式部會

式部卿

貝尼特・伊凡吉利斯塔

我挪開視線，轉而注視公告欄。我的入會之後大概也會像這樣發表吧。

「喂、喂……」

突然有個女生驚叫道。她手拿著月讀旅行家，神情慌張地搖晃身旁女性的肩膀。

「喂，妳先看看月讀旅行家。」

「幹嘛？反正一定是式部會的事吧？」

「是沒錯，但我不是說那個。瀧音……他是『那個』花邑家的人……」

聽見她們這麼說，我也取出月讀旅行家，開啟剛才收到的新聞快訊。

雪音學姊從旁邊探頭看向螢幕。

tsukuyomi.news

月讀新聞快報

快報！

式部會 貝尼特・伊凡吉利斯塔卿已任命一年級生瀧音幸助同學擔任副會長職「式部少輔」。

瀧音幸助同學身為花邑龍炎閣下的曾孫，也是花邑初實教授的表弟，前陣子創下一週內隻身突破月讀迷宮四十層的新紀錄，推測本次任命正是出自這項功績。

月讀魔法學園報預定採訪瀧音幸助同學。欲知最新消息的同學還請多多支持月讀魔法學園報！

月讀魔法學園報

加入式部會的發表結束後，總之有什麼事就明天再說，我便回家吃晚飯。事情就發生在晚餐後。

奈奈美要大家來到客廳，大家便移動至此。

在客廳中沒見到平常擺在該處的桌子，而是被布覆蓋的某種物體。而姊姊、琉迪、克拉利絲小姐和學姊正看著那裡。

「這到底是什麼？」

我來到琉迪身旁，她對我這麼問道。我把視線投向學姊她們，但是克拉利絲小姐和學姊好像都對這東西沒有頭緒，姊姊則面無表情。

「各位似乎相當好奇呢。這是對訓練非常有益的道具，想推薦給各位使用，就特地準備了。」

奈奈美說完，視線飄向一旁蓋著布的謎樣物體。隨後她做出用圍裙擦淚般的動作，呢喃：「把每天用餐次數減到三次，努力忍耐終於有了回報……」

「真想知道妳平常都在吃什麼。」

不管怎麼想都是一般的用餐次數。

言歸正傳，擺在奈奈美面前的究竟是什麼？因為那塊布而無法分辨，高度比成年男性的平均體型矮一些，不過頗有長度。

「所以這到底是什麼？」

「其實是訓練用的器材。」

剛才還在假哭的她一瞬間就恢復平常態度說道。

「訓練用器材？」

「是的，訓練用器材。豪雨、颱風、大雪、大風大奈奈美時應該能用到。」

「妳把自己加進大自然的一部分了。」

妳原本想說的是大風大浪吧。大奈奈美是什麼啊。

「主人，就是一星期來七次的那個嘛。」

「每天都來就更莫名其妙了！」

說明更加深了疑問！而且一星期七次之類的難懂說明真有意義嗎？

「那麼敬請享用，咚隆咚隆咚隆咚隆～～」

「那不是吃的吧？」

「登愣。跑～～♪步～～～機～～～～～～♪」

她這麼說著，取下掛在上頭的布。話說為什麼途中要加入發情般的聲音？

「這樣一來，主人就隨時都能慢跑了。」

「哦，妳居然會做這種東西啊。」

「是的。我在類似骨董店的可疑店家買下了特價販售的機器，再將無法理解的部位按照我的獨家理論解讀後改造而成。」

「感覺好像聽到很不妙的字眼，應該是我的錯覺吧？」

話說回來，類似骨董店的店家啊？聽起來怎麼好像非常有印象，又好像沒有。

當我思考的時候，奈奈美伸手觸碰那部機器。

「擇日不如撞日，要不要實踐看看？使用方法非常簡單。」

「這樣啊。雖然不好的預感突破極限了，就姑且一試吧。」

「明明突破極限還是要試嗎……」

琉迪傻眼地說著：「後果自負喔。」我苦笑以對。再怎麼說也不至於脫離跑步機的範疇太遠吧？我這麼認為。

「既然主人已經做好覺悟，那麼請先按下啟動按鈕。」

我伸手觸碰電腦上頭會有的那個圓圈中畫一條線的符號。於是影像便浮現於眼前。

有人型的圖樣，還有許多計量表。

「原本應該要先登錄使用者，不過我事先已經完成登錄手續了。」

「哦，還要登錄使用者喔。」

「姓名、性別、出生年月日、喜歡的女僕、身高、三圍等等。喜歡的女僕，我幫主人選奈奈美了。」

「為什麼妳對我的三圍清楚到小數點後面都曉得？而且喜歡的女僕這項目在健身房之類的運動類會員登錄上絕對用不到吧。」

「登錄使用者後，可使用多種功能，如每天的使用紀錄、平均跑步距離、消耗的卡路里等。」

「我就知道妳會裝作沒聽見。話說，這麼多功能還真方便。」

「而且身高、體重等都能在使用者登錄時進行掃描，還能取得體脂肪率與本日消耗卡路里等資訊，並且可以傳送至月讀旅行家。」

「功能真豐富，我也想用用看。」

看來學姊也對這機器起了興趣。另外，雖然沒顯露在臉上，克拉利絲小姐似乎也充滿興趣。

「請大可放心，毬乃之外的花邑家成員已經全部都登錄好了。不過主人以外的人，麻煩先從主要女僕或主要管家的設定開始。」

「主要女僕又是什麼啦。」

「主人的主要女僕當然是奈奈美。」

「這算不上回答。」

哎，說到女僕，確實除了奈奈美也沒有別人。

「此外，主要女僕也可變更。各位的變更都十分簡單，唯獨主人不同，考慮到安全性，需要先通過七十三道身分認證程序。」

「根本是銅牆鐵壁吧！」

「我打算為奈奈美防火牆申請專利。」

「反正不會有人用，就不必麻煩了。話說，剛才說的主要女僕是什麼？」

「主要女僕與主要管家是指輔佐使用者的人。詳情在操作過程中自然會理解。」

既然她都這樣說了，就實際試用吧。

『請以觸控板操作，或是以語音下達指令。』

「喔哇，講話了耶。這是那個吧？語音導覽之類的功能？聽起來是奈奈美的聲音，會自動變成主要女僕的聲音嗎？」

「正是如此。」

「哦，這功能感覺很方便。」

能用語音控制的確很方便。

「首先設定目標吧。預設值是四十二公里。」

「還是老樣子，太長了啦。」

「大姊姊跑不動。大姊姊，真的跑不動，大姊姊。」

姊姊到底有多想要我喊她大姊姊啊？

「會嗎？這不是滿適當的距離嗎？克拉利絲小姐也這麼認為吧？」

「哈哈哈……這應該是專為瀧音先生和雪音小姐的設定吧。」

「當然目標距離之後可以再變更。」

哎，這也是該有的功能吧。

「此外，如果能達到距離目標或是拿出精湛的表現，會因應跑步距離得到主要女僕，也就是奈奈美語音的讚美。」

「我之前就覺得不可思議了。在庭院裡空揮的時候，見到奈奈美對著麥克風發出煽情的說話聲。」

學姊在當下就該吐槽了吧？不過要是對奈奈美做的每件事都吐槽，大概也沒完沒了吧。

「敬請安心。我另外準備了切換影像及語音的系統，除了我之外還有琉迪小姐、雪音小姐、克拉利絲小姐、初實小姐及主人等，可供自行選擇。」

語畢，奈奈奈美伸手點選飄浮的影像。影像中顯示了主要女僕的選項，上面有琉迪和學姊、克拉利絲小姐和姊姊，而且不知為何連我都有。等等，為什麼連我的也有？

「喂，奈奈美，為什麼連我的都有啊！」

「到底是什麼時候攝影的，我完全沒察覺……」

「拍的時候很羞人。」

「為什麼只有姊姊同意給她拍……」

她一個人逕自臉紅。

「除此之外，還附有神風功能，也就是偶爾會從下方吹起強風的系統，因此在慢跑時建議穿著裙子。」

原來是神功能（春光外洩）。

「白痴喔！」

琉迪二話不說就吐槽。

坦白說，真是好險。我差點就忘記當下狀況，拍手叫好了。

「風的強度當然也能變更。從弱到強分別是侵犯領域、尊嚴瓦解、極樂淨土的三階

段。」

「侵犯領域喔？很難懂耶！」

不過仔細一想……就連最弱的侵犯領域都會走光吧！

「吐槽點錯了吧！話說，誰要這種功能啊！」

「琉迪小姐的擔憂我能理解。我也認為需要處理，因此敬請安心。」

「哎……這是當然的吧。」

「是的，當然本機器可以自由切換冷風或暖風。」

「不～是～啦～～～～！誰～～～在乎那是冷風還是暖風啊啊啊～～～～！」

「為什麼慢跑到一半身體熱騰騰的時候還要吹暖風……」

「不，瀧音，問題不在這裡。」

「就是說嘛，送風功能本身就沒用！而且我們也要使用，馬上解除那個功能。」

「真的非常不好意思，本功能無法停止使用。」

琉迪還想繼續追究時，學姊出言安撫她。

「哎，先冷靜下來想想，琉迪。外頭本來就有風，而且我們不要穿裙子就好啦。」

的確如此。況且一般來說，沒有人會穿裙子使用跑步機。話說心底深處這份悲傷又是怎麼回事？

總之看上去應該能派上用場，實際試用看看覺得就基本的跑步機而言，功能也相當充分。而且似乎還能用魔法增加負荷，可期待超乎平常慢跑的功效。

不過還有其他令我在意的問題。

顯示的畫面上有大量按鈕，究竟有什麼用途？

「奈奈美？這一大堆按鈕是要幹嘛？」

「這部分目前還超乎我的理解範疇，請避免觸碰。較靠近的按鈕按了也無所謂。」

「超乎理解範疇……」

「因為是迷宮產的中古貨。」

雖然有點害怕，但好奇心戰勝了恐懼，我決定觸碰看看。於是慢跑機發出了聲音。

『就是這樣，繼續下去～～！』

「原來如此，會用語音鼓勵人啊。」

這功能感覺沒有實際功效啊。我這麼想著，按下旁邊的按鈕。

『還滿有一手的嘛。』

到底是和什麼在戰鬥呢？我繼續按下旁邊的按鈕。

『好耶，快脫啊～～～～！』

『養眼喔！』

我不由得把視線挪向周遭。眾人彷彿一幅靜畫。

「嗯，還是不要亂按奇怪的按鈕吧。」

我發自內心這麼想。

其實我事先料到了，一來到學園就會受到無謂的注目。

不過我有事要去式部會一趟，他也有事要找我，我總不能不來。

我們約好在圖書館碰面，我一到圖書館就見到那個人已經在等我。

「等到你了，幸助。」

「呵呵！你好～～♪」

出現在那裡的是一臉認真地看我的伊織，還有笑容一如往常的結花，這對聖家的義兄妹。

「伊織，請用。」

「謝謝妳，櫻小姐。」

看伊織正在幫忙整理圖書館，這是學生會的事件之一。能使用這個場所，圖書管理員櫻瑠繪小姐還幫忙泡咖啡，就代表了他的事件進度。伊織似乎也正踏實地推展劇情。

我也不能太過鬆懈啊。

「來，瀧音也請用……我聽說了，式部會應該會很辛苦，要加油喔。如果有什麼我能幫忙的，儘管說。」

她舉起拳頭，盈盈一笑。

「我會幫忙的。」

「真的很謝謝妳。」

說完，櫻小姐離開此處。學園的教師們當然也知道式部會的活動內容。擔任圖書管理員的櫻小姐也一樣。

不過伊織應該還不知情。因為我事先埋下伏筆，加上入會消息已經公布，我想他應該或多或少看穿了祕密。而現在他可能想問我的真正想法。

此外，我想他也理解這件事必須對一般學生保密。所以他才會拜託櫻小姐，向她借用這個空間吧。

而櫻小姐為我們提供了這個場所。

「糖夠嗎？我找奈奈美分到了一些。」

我從多次元收納袋中取出一個瓶子，裡頭裝著形狀豐富的方糖，擺到伊織面前。

平常奈奈美應該會一語不發為我們準備，不過這次有些原因，我讓她先回家了，現在不在我身旁。

現在應該正在為日後計畫做準備。大概吧？

伊織掀開蓋子，裡面裝滿了星型、彎月形、心型、正方形等造型可愛的方糖，他取出方糖一顆接一顆大量加入杯中。

他的義妹結花見狀，大嘆一口氣。

「真可愛的方糖耶。」

確認伊織已經拿好後，我把方糖遞給對伊織感到傻眼的結花。

雖然她說：「我剛才已經加一條糖包了！」還是多加了一顆，用湯匙稍微攪拌。

如果已經加了一條糖包，甜度應該很夠了。不過剛才妳哥哥先加了一條糖包之後，又加了數倍的方糖喔。

「很可愛吧？這是奈奈美給我的。想要的話可以分妳一點，雖然我不知道這在聖家夠不夠用……」

我和結花的視線轉向伊織。伊織若無其事地啜飲加了大量方糖的咖啡。剛才加到第五顆之後我就沒數了，希望他將來不要惹病上身就好，哎，也許魔法能幫他解決吧。

「…………之後可以偷偷給我嗎？要是讓哥知道了，他說不定會全部拿走。」

擺在能看見的地方就會被他用掉嗎？該不會直接拿來吃吧？不，應該不至於。應該不會吧……？

「聖家的日常生活真讓人好奇……」

在遊戲中伊織和結花都住在宿舍，幾乎沒有這方面的描寫。

聽我這麼說，結花的臉倏地發亮。

「咦？該不會你對我很好奇？」

我這句話並不是這個意思，這一點想必結花也很明白吧。她面露親暱又甜美的笑容，稍微朝我靠近了一些……豈止一些，她把椅子靠向我，用手指戳著我的手臂。

難道妳以為這種露骨的美人計會管用嗎？老實說真是太可愛了，我光是要維持平常的表情都很困難，妳懂嗎？豈止是管用，簡直是正中弱點。

哎，若要問我對聖家好奇與否，我當然非常好奇。

「雖然好奇，不過現在有其他更好奇的事。」

我這樣說，蒙混帶過。

結花裝模作樣地小聲驚叫：「呀啊♪」

「真拿你沒辦法，你想從什麼開始問起？我的——」

「結花。」

但是她沒辦法繼續說下去。伊織看不下去而制止她之後，她便不情願地停止捉弄我，坐在我身旁。

結花同學，距離是不是更近了？

見到結花坐好，伊織嘆了口氣，終於進入正題。

「幸助為什麼會加入式部會？」

「哎，你大概也猜到了吧？你沒猜錯。我反而想問，該不會你現在還覺得式部會是邪惡組織？」

這不可能。伊織很明顯已經察覺真相了。所以我這樣說他應該就懂了。

「我就知道……」

「哎，不好意思害你擔心了。不過這其實不可以說出去，所以不能詳細告訴你就是了。只能講得不清不楚，你就忍耐點。」

哎，其實除了三會成員，還有幾個人知道事實，比方說月讀學園報的相關人等。

「原來真的是這樣……」

她用像生氣又像放心的語氣說著：「討厭啦～～！」視線一與我對上，就哈哈笑了起來。

「果然對一小部分的人很明顯啊……」

「當然啊。況且幸助你自己想想，你以前不是拜託過我和橘子：『能不能假裝和我感情不好或是不理我？』」

「結果被你們兩個拒絕，我記憶猶新。」

我需要對同班同學等人事先做好最起碼的準備。像是橘子頭，我事先就能料到他會對我說：「式部會？你還是你啊。」

橘子頭和伊織同樣是摯友。

「哎，反正用不著我說，你很快就會知道。」

「咦？為什麼？」

「學生會啊。」

伊織面露認真的表情，點頭說道：

「雖然還不知道能不能加入，我正在努力。」

「你當然會進去，不可能進不去。這我敢保證。」

「是這樣喔？」

「是啊。有關三會的一切，就等入會之後向莫妮卡會長或芙蘭副會長問吧。」

伊織點頭表示知道了，隨後沉重地嘆息。接著他突然放鬆全身力氣般躺向椅背。

「……怎麼啦？該不會是和會長她們之間有些事？」

「沒有，不是這樣，會長和副會長都是很友善的好人。我不是想說這個。」

他如此說著，稍微端正坐姿。

「只是覺得有點安心了。」

「安心？」

「我本來就知道幸助不是那種人。」

伊織放鬆了表情，微笑說道。

「但是聽幸助親口這樣說，讓我覺得非常安心。」

「…………抱歉，又讓你操心了。」

「真的是太好了。不過和上次相比，算得上按步就班，就原諒你吧。」

「喂喂喂，什麼原諒我啊？你變得很敢講喔。」

畢竟這傢伙起初總是在看人家的臉色，態度消極嘛。

伊織有點得意地笑道：

「算是吧，我也在成長啊。」

他說著挺起胸膛。

我看著他那模樣，喝光杯中咖啡後，前來看情況的櫻小姐對我說：

「要再來一杯嗎？」

「啊，櫻小姐，麻煩了。」

櫻小姐面帶笑容，為我倒咖啡。

「我說，櫻小姐，妳在這裡工作很久了嗎？」

「嗯，很久了喔。該不會你有事想問我？不過年齡沒辦法告訴你喔。」

櫻小姐對我眨了一邊眼睛。雖然我想知道，問了大概會惹禍上身。

「這我確實有點好奇，不過不是這個。有沒有迷宮適合我們這個程度的學生？」

「迷宮啊……有啊。」

櫻小姐介紹了幾個她建議的場所，幾乎都是非常重要的迷宮。考慮到日後的發展，也是盡可能要早點造訪的場所。

「我會和毬乃提一下，先改好轉移魔法陣的座標。明後天應該就能移動過去了。」

她說完便對我們眨了眼，我和伊織對她道謝。伊織說他馬上就想去看看。

之後我們又閒話家常一小段時間，但他似乎接到了學生會的通知。他留下一句「明明是我叫住你，不好意思」，隨後便急忙離開房間。剩下的自然就是──

「該不多該走了吧？」

「說的也是。」

我和結花兩個人。我們兩個收拾了咖啡杯，對櫻小姐道謝後一起離開圖書館。就在我想和她道別時，我突然想到一件事。

話說，她的初期事件結束了嗎？

就她的行動來看，應該還沒收場。

「對了，結花。」

「？怎麼了？幹嘛用那麼認真的表情注視著我？」

「我是說如果啦。如果遇到麻煩，可以搬出我的名字。再不然，用毬乃小姐……學園長的名字也可以。之後我會想辦法。」

我這麼說的瞬間，注意到她的笑容一瞬間萎縮。事件大概還沒收場吧。

「………你到底是怎麼了？」

「哎，總之妳就先記住這件事。」

雖然伊織應該會解決事件，但還是先設下防線好了。因為是遊戲初期的事件，不至於多麻煩，馬上就會解決吧。

以麻煩程度來說，聖女和耶羅科學家還比較糟糕。其中一方就各種角度來看都很糟糕。

總之事先和毬乃小姐講一下吧。

「那我要回去了。」

說完我背對結花，朝著轉移魔法陣邁開步伐。就在我打算轉移到大門前的時候，我感覺到一股力道使勁抓住了我的披肩。

「請等一下。」

結花的笑容帶著陰霾，在那之中我看見一抹躊躇。

「你……其實知道嗎？還是有人告訴你？」

她的臉上寫著無法理解。

這些事我當然知道。

「沒有。只是覺得妳看起來好像有煩惱才這樣說。」

結花嘆了口氣，呢喃道：「我不是這個意思。」

「我不是自誇，但我這個人還滿擅長隱瞞心情的，也很懂得掩飾，因為隨便講些好像有道理的話，大家大多都會相信。」

就如結花所說，在遊戲中，伊織會詳細知道結花的煩惱，是因為事件發生了。

「所以從來沒有人當著我的面這樣對我說過。」

她的直覺還是老樣子很敏銳。儘管如此，若問我能不能對她全盤托出，答案當然是不行。因為我就連現在的結花不曉得的事實都瞭若指掌。

「要不要來花邑家一趟？」

「哇～～好氣派的房子喔～～」

「找個喜歡的地方坐吧。」

她坐下後，開始打量周遭。

我對著端茶水過來的克拉利絲小姐道謝後，她便出門買東西了。大概是想方便我們聊吧。

「除了奈奈美同學，還有那麼漂亮的女僕在喔？」

「那是琉迪的女僕。」

「咦！」

會吃驚也很正常吧。為何琉迪薇努殿下的女僕會在這裡？

「琉迪目前借住在花邑家。因為這裡有些強得跟怪物一樣的人，安全萬無一失。」

「原、原來如此……」

從不置可否的笑容看不出她是否相信。

「然後呢？妳應該有話想說吧？」

結花苦笑著點頭。

「瀧音同學知道我的狀況嗎？」

「不知道，但我認為妳轉校過來應該有某些理由。」

「真的嗎？不是因為學園長對你透露某些事？」

「怎麼可能是這樣。她可不是那種會隨便提及隱私的人。」

雖然會隨口說出下流哏就是了。

「……那又是為什麼？」

「因為按照常理來想，在這個時間點轉到學園就不合理啊。」

結花保持沉默，而我繼續說下去。

「妳確實身手不錯，頭腦也不差，不然也無法進入素盞嗚武術學園。要轉學進入月讀魔法學園更是如此。」

兩所都是菁英就讀的學園。

「我覺得好奇就猜想原因，發生了某些問題應該是很合理的推測。」

「因為哥在這邊，我就跑來了，因為我很戀兄嘛……嘿嘿。」

「戀兄這點我無法反駁，不過真是這樣的話，妳應該會一開始就報考月讀魔法學園，過來這邊吧？」

結花面露悲傷的笑容。

「發生了什麼問題嗎？在素盞嗚武術學園無法解決的問題。雖然我不知道詳情，我想花邑家也許能成為強大的幫手。」

嗯，其實這是先知道答案才會有的推理。

結花臉上依舊帶著笑容，沉默了幾秒之後。

「…………就和你說的一樣。坦白說，當時有怪異的跟蹤狂纏著我。」

她如此開了口。

「怪異的跟蹤狂？」

她點頭。

「就是很怪。跑進我房間翻箱倒櫃，但是什麼東西都沒少。」

「闖空門的小偷？卻沒有東西被拿走？」

「對啊。魔具和錢、內衣褲也都放在房裡，但是真的什麼都沒少，反倒讓我覺得害怕。」

「既然這樣，是小偷的可能性不高。還有其他狀況嗎？」

「有一封信，寫著『我認識妳』……」

「真是毛骨悚然。妳被監視了啊，果然是變態跟蹤狂嗎？」

話先說在前頭，我知道跟蹤狂的真實身分。那是意圖利用結花的惡魔所幹的好事。

那傢伙因為某些原因想利用結花，但結花藉由轉學逃脫。在遊戲中，最後伊織得知這件事而打敗惡魔。

「真～～是有夠噁心的對吧！」

「妳有跟毬乃小姐提過這件事？」

「講過了啊。那時候剛好我聽說有轉學方案，我就連同這件事一起問她：想轉學但沒問題嗎？於是她馬上就讓我搬進學園宿舍了。原本還問我要不要幫我找個護衛，但我覺得那樣太過頭，就拒絕了。」

「真有毬乃小姐的作風。」

「因為她馬上就幫我安排，等不到一星期就搬到這裡了。」

這時我突然覺得有種魚刺鯁在喉嚨般難以排解的狐疑，然而我搞不懂是什麼事讓我有這種感受。

「還真快。在那之間沒發生什麼事嗎？」

「我也嚇了一跳。一切都很和平。我盡量避免外出可能也是原因之一吧。」

我切換思緒。

「其實毬乃學園長對我提過瀧音同學的名字。」

「我的名字？」

「她說『遇到麻煩就去拜託小幸』，又說『那孩子一定會保護妳』。」

原來如此。難怪她會那樣刻意找我搭話。

「其實我心裡也覺得如果我和花邑家的人待在一起，奇怪的人就不會靠近。」

原來是這樣。那麼她會待在我這邊也很合理。這傢伙的狡猾度真的和耶羅科學家同等啊。

仔細一想。

「之前班上同學來問我是不是花邑家的人，那時妳也在場嘛。該不會……」

「是我先放了一點小道消息。」

「根本是故意的吧！哎，是沒關係啦。重點不在這裡。」

「重點在哪裡？」

最重要的問題得先問清楚。

「那個怪異的跟蹤狂，現在怎麼了？」

「完全沒了蹤影。其實我現在有時還是有點不安。」

「這個嘛，該怎麼說，不會有事的。」

「為什麼？」

「因為這裡有伊織，也有可靠的學長姊，毬乃小姐也在，更何況——」

「更何況？」

「有我在啊！」

「噗哧，你在說什麼啦，而且感覺有點帥氣。你突然胡言亂語，害我小鹿亂撞，請給我賠償金！」

「為什麼要收錢啊！」

我們說著，一同笑了起來。

「哎，要是真的發生事情就立刻聯絡我喔，我會衝過去。」

這麼說完，結花有些害羞地把玩著頭髮。

「真、真的很謝謝你。」

隨後她左顧右盼掃視四周。

「瀧音同學，我剛才就對這個很好奇，我可以用用看嗎？」

大概是想轉變話題，她手指的東西是跑步機。

「喔，可以啊……其實我也沒有真的用過。」

「哦～～是這樣喔。」

語畢，她按下按鈕。隨後她將使用者設定為訪客，啟動跑步機。

於是在她面前出現了全像投影式的立體地圖的影像。

「好像要選擇這次的慢跑路線喔。」

我注意到結花似乎打算以這身打扮直接開始跑，便輕叫道：

「啊！喂，結花，勸妳不要穿著制服跑。」

我這麼一說，結花就露出得意的笑，捏起自己的裙襬。

「好奇怪喔～～瀧音同學。該、不、會……你想看～～♪」

若問我想看還是不想看，我當然想看。為了讓記憶絕對不會消失，我還想在記憶體多刻印一份備份。

「停下來，不要捏著裙襬在那邊搖來搖去。」

捏著裙襬搖來搖去，這我還能理解，但為什麼要解下領口的蝴蝶結！不，等一下，冷靜思考！搖晃裙襬的理由同樣不明啊。

「別擔心，我也沒打算跑多快……呃，路線選隨機就可以了吧？」

結花接連按下畫面上顯示的按鈕。這時我對她提出了突然浮現心頭的疑問：

「妳平常會慢跑嗎？」

「會啊～～只是不會每天跑就是了。瀧音同學會嗎？」

「我每天都跑啊，偶爾會和水守學姊……風紀會的副隊長一起跑。」

「哦～～是喔。」

她回答得好像沒什麼興趣，說完便跑了起來。

「啊，感覺就是普通的跑步機嘛。」

她如此說道，用手指觸碰顯示的畫面，似乎藉此降低或提升速度。

「……奇怪？這按鈕是什麼啊？呃～～侵犯領域、尊嚴瓦解、極樂淨土？這之中要選的話，就選極樂淨土吧。按了喔。」

「是啊，因為她會陪我做實戰練習，我就約她一起去跑步……極樂淨土？」

結花說的極樂淨土就是那個極樂淨土吧？

送出最強勁的風，指引四周的紳士前往極樂淨土的絕佳功能。

結花的分量也許不太夠，但換作琉迪那種程度的尺寸，除了裙底走光還會引發乳搖現象，這功能彷彿在迷途沙漠的極限狀態下喜得甘泉，讓我不禁為奈奈美的巧思讚嘆……嗯？稍等一下喔。

極樂淨土按鈕？按下去了？

「結花！危險啊啊啊！」

「你在說什麼啦，極樂淨土耶，極樂淨土！」

結花笑著說道，這時她腳邊突然浮現了魔法陣。

吃驚的結花下了跑步機，想走出魔法陣，卻被透明的牆壁阻擋。我立刻伸出手，也同樣被透明牆壁擋下。

「啥～～！這是什麼？這是怎麼回事啊！」

結花難掩驚慌，坦白說我也慌了手腳。

「不曉得，我才想問啊！」

「為什麼持有者不曉得機器的功能啊！」

說的真有道理，我也想對奈奈美這樣說。

突然間畫面上浮現了文字，結花閱讀後說：

「呃～～上面這樣寫，只要跑完目標距離就能離開這裡……啊，機器開始運轉了。

真沒辦法，開始跑吧。」

結花說著跑了起來。

我的腦海中寫滿了「這下該怎麼辦」。

我一定要告訴她，但是該怎麼表達才好？在我煩惱不已的時候，結花喊道：

「啥～～？請、請等一下啦！我的裙子！」

那正是風。惡作劇的風，養眼的風，神風。

太快了吧，看來已經開始了。

「這到底是想怎樣啦！」

結花拚命按住裙襬，但我還是看見了。

那是白色沒錯。

無庸置疑的白色。以結花的個性來說，刻意強調性感的黑色想必很棒，色調柔和而洋溢暖意的粉紅一定也很適合，廣受喜愛的藍色條紋內褲肯定也很讚，不過白色當然同樣適合喔。而且今天這件小褲褲的蕾絲部分有精緻的花朵圖樣，和結花堪稱天造地設。

「瀧音同學，你看見了嗎？你看了吧？快承認你真的看了！」

「我沒看我沒看……冷靜點，講得太篤定了啦！」

「反正你一定看到了吧？什麼顏色？隨便回答都可以！」

「要怎麼隨便回答啦！」

「請你快點，我正在跑步耶！」

「是、是粉紅色。」

「啥？明明就是黑色吧！你真的沒看到嗎？為什麼沒看啊！笨蛋！」

「咦？妳亂講！明明就是白的啊！我幹嘛挨妳的罵啊？」

「我就知道你明明有看到！」

「啊啊啊啊啊啊啊誘導訊問太奸詐了吧！」

「明明只要老實說你看到，輪迴轉世一次就能了事啊！」

「那不就死一次了嗎！」

「討厭，到底是怎樣啦！從剛才開始冷風就吹個不停！想讓我感冒嗎！」

「妳放心，結花，可以切換成暖風喔！」

「切換成暖風又能怎樣啊！拜託告訴我該怎麼想才能放心！請快點關掉這台機器，不然我揍你喔！」

說的有道理。我也必須冷靜下來。

有沒有辦法從哪裡操縱那台機器……快回憶起奈奈美說的話。

我想想……

「我記得好像能把資料傳送到月讀旅行家，既然這樣，說不定也能反過來操控？」

「不管什麼方法都好，動作請快一點，你是烏龜嗎？」

「少囉嗦，烏龜最後會贏過兔子！」

因為那傢伙總是認真不懈地向前走，才會贏過睡午覺的兔子！

自月讀旅行家連線。沒問題！成功了！

「很好，連上線了！呃～～身高是一百六十三公分，體重四十──」

「啥～～～～！你幹嘛把我的身高體重唸出來啊！」

「抱、抱歉。」

呃，控制方法……

「出現好像是控制器的圖示了，真的有耶。」

「真的嗎！瀧音同學真是天才耶！」

「別這樣誇我嘛。」

我如此打趣說道，嘗試操縱。

「你不知道什麼叫場面話嗎？快關掉這台機器！」

「我當然知道！我也想早點關掉啊，但是按鈕太多了……而且沒有說明！」

一眼看上去就有超過十個按鈕。話說這個旋鈕又是什麼？卷軸還能往下拉耶。

「我這邊已經很危險了。快點，不管什麼都好，請隨便按按看啦。」

「好，那我要按了喔！」

語畢，我按下最順手的按鈕。

『好耶，快脫啊～～～！』

沉默降臨，四目相望，啞口無言。

「你、你你你還在玩什麼啊！把你揍飛喔！」

「這是誤會！誤會！我只是想關掉。」

『心裡在想什麼，每個人都不同。』

「什麼——？」

「不是我，真的不是我。只是機器自己發出聲音！」

『哼哼，真是好風光！』

「啊啊啊啊啊！我沒有想說相聲，也不是在丟哏等你接，現在賭上了我的人生喔。你現在到底在幹嘛啊～～！」

「要鎮定，那這個遠一點的按鈕有什麼效果？」

『將魔法陣的顏色改為粉紅。』

「改這個要幹嘛啦！」

「冷、冷冷冷靜點，鎮定最重要。總之先把按鈕全部按過一次……這個旋鈕又是幹嘛用的？」

『溫度提升一度。』

「夠了喔，溫度根本無關緊要啦～～～！」

「那、那就換這邊的！」

『提升速度。』

「我說瀧音同學，該不會你表面上假裝想幫我，其實是想害我吧？請你乾脆老實承認吧！」

「怎麼可能嘛。」

可惡，我不管了。亂按一通！後果我可管不了那麼多！

『變態色色緊急按鈕已觸發。』

「啥～～～～～～！你～～～～～給我等～～～～～～一下！你到底按了什麼東西！」

「等一下等一下，這不是我的錯！不可抗力！」

「喂喂喂！吹過來的風感覺有殺意耶！」

誠如她所說，吹過來的風彷彿有刀刃的形狀……

不，那並非出自殺意！那是發自色慾的風。色色的風。風割裂了結花的衣物，有如傳說中的鐮鼬。

不對，那的確是神之風。

「請記住你這次幹的好事喔。你應該會記住吧？給我記住！」

那片純白，我肯定一輩子都不會忘。

『進入感度上升模式。』

「這回又是怎麼？感度上升？感度上升是什麼意思？啊，出現了說明之類的訊息。這個又是什麼啊？呃～～『若一定時間內未達成目標距離，將釋放使感度上升至最低兩倍、最高三千倍的氣體，敬請注意』。感度上升是什麼意思啊！」

「呃，感度上升指的當然就……只有那個了啊。」

當然諸位紳士淑女會想到的就只有那個了吧，天才級的創意。不過那可是成人遊戲中的哏喔。

別笑死人了，現實世界中當然不會有這種事。萬一真的有，我不就要跟著變成感度三千倍了嗎？啊哈哈哈哈……！

「給我等一下——————」

不妙不妙不妙不妙！不妙到極點了！啊哇哇哇啊啊啊啊……！

「是、是怎麼了！」

「快跑啊，結花。給我拚命快跑啊～～～！」

這裡就是成人遊戲的世界，會把小褲褲獻給祭壇的世界喔。感度真的變成三千倍也一點都不奇怪！

「咦？是為什麼啊！回答我啊，瀧音同學！」

不要再問「為什麼」了。成人遊戲中的感度就是敏感度，敏感度快要提升三千倍了。無論是意志多堅定的忍者都無法忍耐！

「閉上嘴快點跑，等一下風一吹就會發情喔！」

「發、發情？你怎麼突然講些沒頭沒腦的話？該不會是吃了某些藥，腦袋不正常了吧？等等，根本莫名其妙……突然講些八竿子打不著的話，我根本聽不懂啊。」

色色的感度會上升，而且是三千倍喔，三千倍。不是兩倍或三倍，三倍乘以一千倍等於三千倍喔，光是衣服摩擦一下就會高潮喔！

那已經不是極樂淨土，而是生不如死了！或者該說欲仙欲死！

「嗚喔喔喔喔喔喔喔喔喔喔喔喔喔喔喔喔喔！」

我立刻將魔力注入披肩，毆打透明的牆壁。

「結花～～～～結～～花～～～～～～～～～嗚嗚，結花……！可惡，這什麼啊！怎麼會硬成這樣！」

「瀧、瀧音同學，你臉上爬滿淚水和鼻水，可是為什麼嘴角還在笑啊？很噁心耶！總之你先鎮定下來，只要我跑完就沒事了！」

聽結花這麼說，我思考這句話的意思。事實的確如此。

「對、對喔，妳說的對！」

對嘛，只要跑完就沒事了！

「結花加油加油加油！有志者事竟成！只要努力就能辦到，絕對能辦到！今天起妳就是日本第一！熱血燃燒喔喔喔喔喔！」

「聽～～我～～說～～拜託你鎮定一點啦，我正在跑了啊。」

「因為接下來會發生什麼事還很難說。」

人生也是如此，也許會突然遭遇事故，也許父親會突然過世，昨天還去上班的公司可能今天就倒閉了。

但是在成人遊戲中畢竟會成真吧？讓人不由得想問為何會演變成這樣。所以我很不安，而這份不安會成真吧！

「不用擔心啦，你看，我現在覺得身體變輕很多，剩餘距離也順利減少啊。嗯？怎麼有種甜膩的味道……這是什麼啊？粉紅色的煙？」

「話才說完就開始瀰漫了啊！」

「冒出了粉紅色的氣體，這是什麼啊？該不會……啊……不會吧。」

大概是心跳越來越急促了，她一隻手按著胸口，呼吸非常紊亂。

「嗚、嗚～～～嗚嗚…………嗯啊啊啊啊啊！」

「結花，快跑快跑，快跑啊啊啊啊啊啊啊啊啊啊啊！」

我喊道，結花便連忙加快速度。

「呼、呼啊啊啊嗚唔唔唔嗯啊啊啊啊啊啊啊啊啊啊啊啊啊啊啊啊！」

就在這時，罕見但準時的風從下方吹向她。

「咿咿咿————————！」

大好風光在我眼前完全公開。

「為什麼會在這種時候吹起強風啦～～！」

風力強勁、衣物碎裂，這下子再也無從遮掩了吧。其實剛才的鐮鼬就已經讓裙底風光藏不住了。

那身姿就有如維納斯，緊緻彈翹的臀部，蕾絲格外可愛的內褲。衣不蔽體，纖瘦又白皙的身軀泛起粉紅的血色，汗水四濺飛散。

「好美……」

「呼、呼——你是在感慨什麼啊！」

的確是極樂淨土，但是精神也燃燒殆盡變成淨土了。不好意思，我大概已經無法伸出援手了。

「結花……好好加油。」

結花跑完既定距離是大概十分鐘之後的事。

跑完目標距離，重獲自由的結花已滿身瘡痍。

癱坐在地的她滿臉通紅，上氣不接下氣，被風刃割裂的衣物已經衣衫襤褸。胸前敞開，自裙子的裂口還能看見白色的內褲。而且感度上升的影響大概還沒完全褪去，身體偶爾會微微抽動。

依然不停冒出的汗珠滑過臉頰，一路往下流到頸子，眼中似乎泛著淚光。

已經無法克盡職責的裙子底下，兩條大腿也浮現了一層汗水。簡直像是才剛結束與某種強敵的纏鬥，不過她其實只是跑步而已。哎，雖然就各種意義來說，那確實算是強敵啦。

她注意到我的視線，垂下眼睛，已經沒有多餘的力氣了。

我默默遞出毛巾。她口中不知呢喃著什麼，接下了毛巾。

結花沒捎來任何聯絡，遲遲沒來約好的場所，讓我覺得很反常。

我想問伊織是否知道原因，但聯絡後同樣收不到回覆。大概已經進入櫻小姐為他介紹的迷宮了吧。

不知是擇日不如撞日還是惜時如金，他的行動十分迅速。哎，這其實是好事啦。

此外，卡托麗娜、琉迪、委員長、橘子頭都受邀參加這次的隊伍，好像要一同進迷宮。因為早上琉迪這樣說過，傳訊息給他們大概也不會回吧。

有種被同班同學排擠的感覺，不過今天式部會預定有事要辦，我本來就無法參加。

哎，這其實不重要就是了。

「結花真的很慢耶……」

照理來說，這時間她也該露面了，約好的時間已過。昨天才剛發生過那種事，竟然今天馬上就叫我出來，讓我十分敬佩，不過她大概會要我請她吃東西。

我個人覺得如果這樣就能一筆勾銷，那她的心胸實在非常寬闊。如果彼此立場顛倒，我大概已經出拳揍人了。

我這麼想著，瀏覽月讀旅行家的新聞時，突然收到了訊息。

來自紫苑學姊。不久前我們在圖書館開會，大概是有關會議的事。約定碰面的地點要設在月宮殿也不是不行，但因為我有些準備要做，才刻意請她把會議地點改到圖書館。我回訊的同時，突然想起奈奈美。

「奈奈美應該正在好好努力吧？」

我還有很多事要交給奈奈美幫忙。迷宮的調查是其中之一，收集情報也是。她應該有好好拜託路易賈老師吧？

「真的等不到人……」

話說，結花還真的一直都不來，也不接電話。我打算在她可能會在的地方找一遍，用訊息通知她我要移動了。

我來到轉移魔法陣的時候，該處聚集了一群人正吵吵鬧鬧。

「怎麼了？」

我向站在附近的狐耳獸人搭話，她便嚇得猛然一顫，見到我的臉就更吃驚了。

「呃，那個，我覺得自己聽見了女性的尖叫聲，跑來一看，就看見褐色頭髮的一年級生被拖進轉移魔法陣裡……真的只發生在一瞬間。」

聽她這麼說，我不由得發出一聲：「啥？」這不是擄人嗎？

「咿！」

「啊，不好意思。我不是故意想嚇妳。」

我真的不是故意嚇人。不過褐色頭髮的女性……

「我問妳喔，那個學生是不是綁著側邊馬尾？」

看到她在吃驚當中點頭，我一瞬間感到目眩。我立刻取出月讀旅行家，找出結花的名字，按下通話鈕。

「妳知道她進了哪個魔法陣嗎？」

「是、是那個魔法陣……」

語畢，她指著的魔法陣前樹立著簡易的柵欄，上頭貼著一張紙寫著「連接工程中，禁止使用」。

那看起來很眼熟耶。

我掛斷了切換為留言模式的通話，對著站在轉移魔法陣前方那名看起來像警衛人員的二年級生搭話。

「咿，瀧音幸助！」

她一瞬間發出怪聲，叫出我的全名後摀住自己的嘴。

「聯絡毬乃小姐……學園長和教師了？」

「啊，是的。剛才已經聯絡了，但是聯絡不上學園長……」

「妳有見到人被擄走的現場嗎？」

「那個，真的很不好意思。」

也許從旁看上去像在欺負她，但現在不是在乎旁人反應的時候。

「我只是問一下而已。讓我過去。」

「可是這條路還沒確保安全……」

「讓我過。」

見到她退開，我便用第三隻手按住簡易柵欄，自柵欄上方翻越，立刻進入轉移魔法陣。

月讀學園的魔法陣不只會連接到月讀學園內部的迷宮，有時也會連接到位於其他場所的迷宮入口。此處連接到月讀學園外的迷宮之一，不過尚未完全確保轉移目標地點的安全，她才會攔阻我吧。

走進轉移魔法陣後，前方有一幢老舊的紅磚建築物。我立刻對自己施加身體強化，走向建築入口處。

裡頭有一塊巨大的石碑，石碑上畫著一名女性對天使俯首的情景。

房間中央還有另一個轉移魔法陣，但是我從魔法陣旁邊走過，伸手想觸摸牆面。指尖並沒有傳來任何觸感。

那面牆是魔法製造的幻覺。我立刻穿過那面牆，繼續向前走，理解到最糟糕的事態已經發生，便倒抽一口氣。

「這邊的轉移魔法陣竟然已經啟動了啊……」

現況除了糟糕透頂，無以形容。

這裡是櫻小姐為我們介紹的迷宮之一。考慮到進行劇情事件，這個迷宮最少還要攻略兩次。

但是結花恰巧滿足了條件。

「竟然開啟了。不，視情況也許這就是目的？」

快回憶起聖結花的事件。

聖結花轉學到這邊的理由是「怪異的」跟蹤狂，而「怪異的」跟蹤狂真實身分是某個惡魔。至於惡魔當跟蹤狂的理由，在遊戲中沒有明講，因為伊織會打倒惡魔。

但是，理由大致上還能猜測。如果惡魔看準這個時機來到這座迷宮……

「也許和琉迪那次同樣危險啊。」

糟透了。事情會發生，真的會發生。

但是唯一的希望就是這裡有我在，唯獨我才能辦到。既然如此，首先我非做不可的事情就是——

「嘶——呼——」

我使勁深呼吸，讓思考運轉。如果要展開行動，該採取何種手段？

要直接衝進惡魔帶結花前去的那個迷宮也不是不行。

但是既然這裡有魔法陣，就表示其他事件已經發生了。

要一個人攻略……也許能辦到，不過最確實的還是——

「做好消耗時間的心理準備叫人來幫忙吧，但也不想在這邊等太久。」

那麼要選誰最好？我一面打電話給學姊一面思考。

可惡，時間太不巧了。考慮到將來而要求奈奈美分頭行動是錯誤的選擇嗎？不行，現在還不能讓她面對那個對手。奈奈美想必會瞬間識破對方的身分，萬一這時讓奈奈美遇見對手，我也無法預料會發生什麼事。

學姊沒有接電話。毬乃小姐……也不行啊。也打給姊姊試試看好了。

萬一沒人接呢？想找人來幫忙，但必須是應該有空閒，就算事出突然也願意二話不說趕來的厲害角色。找路邊的尋常學生沒有意義。

這時我想起兩人的臉龐。

他們不是都說過了嗎？萬一有麻煩就要說出口。今天也才剛見過面，問過他們今天的行程。

我立刻飛奔，自轉移魔法陣回到學園，然後馬上再度進入轉移魔法陣。這回我要去的地方是……剛才遇見兩人的圖書館。

轉移後，我立刻衝出去，前往目的地——圖書館內的某個房間。

幸好紫苑學姊和貝尼特卿都還在。紫苑學姊似乎正要把羊羹送進口中，但因為我突然衝進室內，紫苑學姊嚇得肩膀猛然顫動，羊羹差點掉落，但她連忙用盤子順利接住。

「呼、呼，怎麼啦？原來是你啊。別嚇人啦。」

紫苑學姊把盤子擺到桌上，如此說道。貝尼特卿看著神色慌張的我，歪過頭。

「嗯？是怎麼了嗎？」

我為嚇到紫苑學姊道歉，也是可以故意開她玩笑，不過現在沒空做這種事。

我立刻來到紫苑學姊他們面前，低下頭。

「請幫幫我。」

兩人同時露出驚訝不已的表情。

——紫苑視角——

「哦？真是無法原諒。」

見到貝尼特卿擺出假笑如此呢喃，讓人不禁屏息。他心中的憤怒想必已經沸騰了。

這一點奴家當然也一樣。狀況十萬火急。

立刻向也許能立刻幫上忙的教師送出訊息通知後，與卿和瀧音趕往迷宮。

奴家看向瀧音幸助的長披肩。

一說到瀧音，大多數的人都會馬上聯想到那條長得愚蠢的披肩吧。雖然他披著一條幾乎要觸地的長披肩，但不可思議的是這條披肩不曾真的觸及地面。

在迷宮中也不例外。

他平常就將魔力注入披肩，而且強度堪稱異常。當奴家第一次聽說這回事，還以為自己會嚇得腿軟。常人要是同樣這麼做，不出一個小時就會變成木乃伊吧。

見到他的戰鬥，更是加深了驚訝。

奴家之前就聽說他以披肩為武器，也聽說他能操縱披肩有如自己的四肢。

不過沒想到他能一面彈開敵人所有的攻擊一面向前推進。披肩蘊含的力氣竟然大到能如鐵拳般擊潰敵人。

若要打個比方，那模樣就是裝甲車，而且裝甲車上還附有特別的利刃。

「我們到下一個房間吧。」

他說完便將出鞘的刀收回鞘中。對敵人掉落的魔石瞥都不瞥一眼，只管向前進。真是銳利的一刀啊。

「非常有趣的戰鬥風格，不過也非常合理。」

貝尼特卿追趕著瀧音，呢喃說道。

「確實如此。」

「真是太過可靠了。」

奴家也只能點頭回應卿這句話。

而且卿評以「太過」可靠，加上語氣格外篤定，很明顯代表了他並非單指戰鬥力的強悍。

「先離開這個房間。」

說完他不知從口袋取出了什麼，注入魔力。

緊接著，他的視線所指的方向出現了擁有兩對翅膀的獸型惡魔，以及長著天使翅膀的蛇型生物。

於是他手中的陣刻魔石綻放紅光，使魔法陣浮現，一顆小火球便朝著敵人飛去。

「左邊請交給我，紫苑學姊，右邊敵人的弱點是暗屬性。」

聽他這麼說，奴家立刻開始詠唱。貝尼特卿搶到奴家前方，為奴家彈開了那條蛇射來的光箭。

「影子。」

奴家發動魔法後，腳邊便出現了半徑約一公尺的圓形黑影。

「去吧！」

說出這句話的同時，影子朝著蛇的後方飛去，奴家看準了蛇再度施展魔法的時機，使魔法變型。

「現身吧，掌握。」

話說完，黑影中出現了巨大的黑掌，抓住飛在空中晃蕩的蛇。蛇發出了莫名其妙的怪聲，但那與奴家無關。

「砸扁。」

命令一出，黑手便將蛇砸向地面。這衝擊力已經足以打倒蛇了。

瀧音那邊似乎也解決了。

「看來惡魔的弱點是火屬性啊。妳知道嗎？」

貝尼特卿站在奴家身旁如此問道，奴家當然搖頭。卿雖然沒有說出口，心裡想的大概和奴家相同吧。

除了驚愕還能有什麼反應？面對奴家不曾見過的怪物，瀧音在一瞬間就識破特性，並且精準針對弱點下手。

迷宮和怪物的種類豐富至極。在第一次前往的迷宮時常遭遇從未見過的怪物，必須事先收集情報，否則就只能花時間實地調查。

但是他有時間收集情報嗎？實地調查所需的時間呢？想必都沒有。

如果他原本就知道，那他肯定持有龐大的知識。

真好奇他究竟知道多少。

「我們上路吧。」

不知何時已經打倒怪物的瀧音催促奴家與卿。

瀧音幸助自稱結花被擄走讓他焦急萬分，不過他看起來倒是一派鎮定。

「話說這裡到處都是書啊。」

這迷宮就像是把圖書館改建而成，牆壁都是書架，書無法從架上取出。另外，雖然分不清是何種材料製成卻異常堅固，這書架大概不會壞掉吧。

「我是見過牆面掛滿武器的迷宮，原來還有這種地方啊。」

「我也想一邊走一邊仔細觀察就是了。」

瀧音如此回答卿的感想，繼續向前走。

根據瀧音所說，這個迷宮和固定遭遇型迷宮的傾向相同，也就是進入房間後會遇到怪物現身。

而且他說這迷宮沒有四處徘徊的怪物，確實一次都沒遇過。

奴家和卿一同跟在瀧音身後，與他穿越了數個大房間和通道後，他突然環顧四周。

「哦……」

這是個不可思議的房間，之前只有書架當作牆壁，但是這裡設置了幾張桌子和書架，桌上也擺了書。

瀧音在房間裡側的轉移魔法陣般的圖樣前方停下腳步。看來為了繼續前進，必須先啟動這個魔法陣。

「用古代語寫了些字。」

「卿能讀懂嗎？」

「只懂片段的單字，雖然看得出上面寫了『書』和『魔法陣』……」

「紫苑學姊，貝尼特卿，我們把書放回書架上吧。」

說完，他便拿起書本，插進書架上的空缺處。

「你能讀懂嗎？」

「我沒辦法全部讀懂。不過我猜想，把書插進去應該能開啟通道。」

他說完便俐落地把書放回架上。

這種可能性確實存在。奴家與卿和瀧音一同把書放回架上。

「雖然只是憑直覺，還是能整理啊。」

其他書就像鐵一般牢固地被嵌在書架上，但還是能把書放進去。此外，書中文字大多是古代語而無法解讀，但幸好靠著封面顏色和書的厚度，就能大致判斷收納的位置。若非如此，奴家也無能為力。

當所有書放回架上，立刻有了變化。

書架發出沉重的移動聲，陷入房間的地面。奴家拿起扇子，為防萬一便發動了影子，但這只是多操心。

「通道打開了啊。」

貝尼特卿呢喃。

前往下一層的轉移魔法陣綻放光芒。

我們並沒有立刻踏入其中，而是決定稍事休息。不過休息時間頂多只能喝一杯茶，若有似無的短暫片刻。

哎，反正也沒有經過太多戰鬥，這樣已經很夠了，幾乎不覺得疲憊。

不過這段休息時間讓奴家想了不少事。

那就是瀧音幸助是個怪物，而且他成為怪物可說理所當然。

奴家認為單純腦袋好的人常常只是紙上談兵而少付諸實踐。他們無法踏出那一步。因為不付諸行動，什麼也不會改變。

光就這一點來說，魯莽行事的傻瓜有時反而比較有希望。他們雖然愚昧，但是能踏出第一步。當然失敗也多，不過有時也會走運而一帆風順或是受貴人相助而成功。

至於瀧音幸助，這傢伙不只有「知識」、「實力」，甚至還有「才能」。而這一切沒有「努力」就無法得到。最重要的是他不只「重視夥伴」，還比傻瓜更有「行動力」。

既然如此，他沒有不成功的理由。

在對他不熟悉的人們眼中也許只是個傻瓜，不過事實絕非如此。他想必是經過算計才故意做出那些舉動吧。於是他才會創下奴家等人也無法辦到……不，將來肯定也無人能超越的紀錄。

奈奈美說過她的主人會成為世界最強，也許有朝一日真的會成真。那女人（莫妮卡會長）和瀧音到最後誰會比較強，奴家也說不準。

那女人的強悍之處很清楚。

學園生中無人能出其右的壓倒性戰鬥力、無論誰都不禁想跟隨的領導魅力、令人欣羨的美貌、全年級頂尖的學力，堪稱完美。

另外，就強悍之處很清楚這點來說，貝尼特卿和聖女也不例外，芙蘭和雪音也是，她們的強悍都顯而易見。

但是這傢伙不只有這種清楚可見的強悍，也兼具深不可測的知識力，讓奴家聯想到阿涅莫努。

「深不可測啊。」

「小紫？」

「不好意思，我在想點事情。」

「這樣啊。其實我剛才也在想事情……下一個房間快到了。」

語畢，我們面朝前方。

「下一個房間啊……」

聽見瀧音意味深長地呢喃，腦海中浮現問號。

不過奴家沒有空檔開口詢問。

「看來有個頗難纏的傢伙。」

貝尼特卿說道。一行人停下腳步，筆直望向那傢伙。

「奴家也見過那傢伙。」

身高恐怕有三公尺的巨人站在眼前。身上肌肉結實，沒有多餘脂肪，大概是手臂肌肉特別發達，肩膀異常地寬，還有體味大概會相當刺鼻。

「是泰坦，一般的泰坦，而且似乎拿著一把不錯的武器。」

難纏的強者。奴家不認為和那傢伙戰鬥會敗北，但想必免不了一番苦戰吧。

「不是無法戰勝的對手。攻擊由我來擋……………咦？」

瀧音話說到一半，突然流露至今未曾表現出的焦急。隨後他不知呢喃著什麼。

「冷靜點。怎麼回事？」

奴家這麼說，瀧音便要奴家看向泰坦後方的轉移魔法陣。

在該處有個已經啟動的轉移魔法陣，還有看似台座的物體，以及……

「鮮紅的液體啊。」

「而且量還不少。」

奴家這下也懂了瀧音莫名焦急的理由。他大概以為那是結花的血吧。

就在這瞬間，貝尼特卿伸手按住瀧音的肩膀。

「危險危險。橫衝直撞也許會招致意外喔。」

看來瀧音似乎打算衝上去，但是貝尼特卿制止了他。瀧音面露認真表情開口說：

「我還沒有真的行動。」

換句話說，他已經有這個念頭了。

奴家可以感覺到瀧音的披肩中已經注入了幾乎令人暈眩的魔力。這股力量不會朝著奴家而來，但只要想像就讓人不禁打寒顫。

卿要瀧音鎮定下來。

「瀧音，那個泰坦十之八九不會輕易放我們過去。」

事實恐怕真如貝尼特卿所說。泰坦跑起來並不慢，若要穿過它身旁，因為轉移魔法陣就在它背後，必須設法吸引它的注意。

「紫苑。」

卿露出認真的眼神，喚了奴家的名字，不像平常那樣叫「小紫」。

「怎麼啦？」

「瀧音就交給妳了。」

說完，他對自己施加身體強化，接著說：

「我先打倒那傢伙之後再趕過去，你們兩個先走吧。」

他用左手撩起頭髮，繼續說：

「我們的目的是救出結花對吧？」

瀧音點頭。

「再來就是思考結花能否獨自一人攻破這個迷宮。嗯，絕對不可能。就算她有辦法擊倒擄她到這裡的對手，也無法攻破這個迷宮吧。」

貝尼特卿繼續說：

「既然如此，為了救她就必須攻破這座迷宮。於是我開始思索，如何才能在這座迷宮中推進。我想到有個非具備不可的條件。」

奴家的視線自貝尼特卿轉向瀧音。

「那就是知識。換言之，就是你。你能破解迷宮裡的機關，不只如此，同時身具實力。」

「但是剩餘時間已經不多。」

奴家如此說著，注視著泰坦。所以卿才會說「瀧音交給妳」吧。

「卿一個人真的沒問題？」

「妳以為我是誰啊？」

他要帥地說著，邁開步伐。

「別看我這樣，我可是式部卿喔。」

一步又一步。

他對手中的劍加上了土屬性的強化魔法，環繞著黃金般的魔力。而且那光芒仍不停增加，大概正不斷注入魔力吧。

「瀧音，雖然我也想扮演拯救受囚千金的英雄，不過這個位子就讓給你吧。」

「貝尼特卿……」

他繼續說：

「但是，希望你無論如何都要救回她。萬一陷入絕望的處境，一定要想辦法支撐下去。如此一來……」

他將半邊臉轉向我們。

「我一定會趕去救你們。」

說完他便猛然蹬地。

泰坦見到貝尼特卿奔馳而來，發出響亮的低吼聲。

泰坦看準了奔向自己的貝尼特卿，劈落手中的巨大砍刀，就在同時，貝尼特卿也揮動手中的劍。

近似爆炸聲的金屬碰撞聲自該處傳來，隨即感受到有東西自身旁掠過。力量與力量。大概是兩者互相碰撞時的衝擊化為振動，擦過肌膚表面。

「你們兩個快去！」

面對高達三公尺的壯碩身軀劈出的大砍刀，他從正面擋下。奴家與瀧音跑過他們雙方身旁，自轉移魔法陣繼續前進。

轉移之後，瀧音注視著轉移魔法陣一會兒。不久，他對奴家說「我們走吧」，邁開步伐奔跑。

貝尼特卿果然是我認識的貝尼特卿。

他是個型男，不只外貌帥氣，人品也帥氣。明明是男性角色卻在紳士（成人遊戲玩家）間廣受歡迎，理由就在這種地方吧。

跑過通道時，紫苑學姊對我問道：

「你還保持鎮定嗎？」

「是的，非常冷靜。」

貝尼特卿目前交戰的泰坦是這座迷宮的中頭目，視情況，說不定比最深處的頭目更強悍。

「哎，用不著擔心卿吧。他可是在學園內排行前五的強者，動作不快一點反而會被他追上喔。」

坦白說，我就是想解決泰坦才帶兩人一起進迷宮。貝尼特卿主動提出要單人解決讓我吃驚，不過應該不需要擔心他。

問題重點還是在結花。

「紫苑學姊，下一個房間很快就要到了，我有不好的預感。」

「哦？」

這個迷宮「約定的書庫」中，有條通道必須滿足條件才能進入。那就是為了抵達發生事件的迷宮深處，必須與一批必定會現身的敵人交手。

如果和遊戲中相同，這批必定會現身的敵人就在下一個房間……但要單挑的話，這批敵人有點棘手。我想祈禱敵人別來，不過剛才泰坦都現身了啊。

「真的在裡面啊。」

我就知道會這樣。

「喔喔、喔喔，這群看起來就很麻煩啊。」

房內有一大群怪物，不過種類只有兩種。一種是途中已經見過的蛇型怪物，至少有十幾隻，在房間後頭可以看到拿著手杖的惡魔型怪物。

另外，也看見了通往下一個房間的通道，就在惡魔旁邊。

「數量這麼多，還會飛啊。」

真是糟透了。讓我回憶起月讀學園迷宮裡的鷹身女妖。

「雖然想要盡早趕到結花身旁，但是收拾這些傢伙恐怕要費好一番工夫吧……我說你啊——」

「學姊有事嗎？啊，好痛！」

我轉頭時，扇子突然打在額頭上。

「現在還鎮定嗎？」

大概是在擔心我會不會像遇到泰坦那時一樣焦急吧？

「沒問題的。」

我這麼一說，紫苑學姊便直視著我的眼睛。

你一個人也行吧？

她沒有說出口，但我聽見這樣的說話聲。

「當然沒問題。紫苑學姊，一切拜託妳了。結束後我會送妳這附近最貴的羊羹。」

為了讓她能放心，我以打趣般的語氣說道。紫苑學姊揚起嘴角對我一笑。

「蠢材。不需要那種東西。」

紫苑學姊接著說：

「但是，你要拿出男子氣概給奴家和結花見識。」

我不由得笑了。雖然她要我拿出男子氣概。

「怎麼會呢，紫苑學姊，我現在已經是個好男人了吧？」

「哎，奴家承認你現在有小指頭這麼多的男子氣概，但就是差了臨門一腳！」

她如此說著，開始凝聚魔力。

「這個嘛，奴家接下來要施展足以炸飛這附近的魔法。你一定要把她救回來，若是失敗了，奴家會向全學園宣傳你是個膽小鬼喔。」

對不擅長應付多數人的我來說是辦不到的技能。

「我的膽子可不小。當然和紫苑學姊比也許是小了點，尺寸真的比不上。」

「尺寸比不上？哦？什麼意思？該不會是暗指奴家的下半身或臀部特別大吧？」

「怎麼可能，我喜歡喔。」

我沒有否認。紫苑學姊先是露出吃驚的表情看著我，隨後捧腹大笑。

「哈哈、哈哈哈哈哈。哈哈哈哈哈哈哈！滑稽，還真是滑稽。奴家才覺得奈奈美有張刀子嘴，看來你也不輸給她。」

笑了好半晌後，她的表情轉為認真。

「中意，中意，奴家很中意啊。欸，瀧音……這樣叫感覺滿見外的，不怎麼順口。幸助？這也一樣。那就幸……唔嗯，幸！」

「嗯。」

「準備好了嗎？」

那當然。

我們衝進房裡。在這同時，無數視線指向我們。

緊接著敵人各自開始詠唱。

我先朝附近的一頭怪物揮拳毆擊，隨後便一面前進一面毆向附近的蛇怪。不久，那些蛇怪的魔法詠唱似乎結束了，光箭不給喘息機會般飛向我。

我用披肩招架無止盡的光箭，有時則選擇閃躲。那情景有如流星群，不過就流星群而言太過耀眼了些。

「做得好，多虧有你爭取時間。」

紫苑學姊低語，使魔力活性化，發動了剛才準備中的魔法。

「幸啊，你看清楚了，這就是奴家的暗魔法。」

空間之中，深紅的線條勾勒出弧線，而且不只一條。出現的時間不到一秒，只有數毫秒，但是數量多得幾乎數不清。

而那無數深紅線條形成了一朵偌大的花。

「曼珠沙華（彼岸花）。」

深紅花朵撕裂了怪物。蛇怪一觸及那抹深紅，身體便發出融解般的咻咻聲響，自空中墜落，痛苦地在地面上打滾掙扎。

怪物身上的傷口被染黑，黑色自該處向全身侵蝕，很快就染黑全身，化為魔素（經驗值）。

「就是現在，快去！」

我衝過紫苑學姊為我開出的路。

「曼珠沙華」是所有角色中唯獨紫苑學姊才能使用的專用暗魔法。一旦中了那光是觸碰就會融化的詛咒，身體在轉瞬間就會被詛咒侵蝕，需要解咒。

在現實中絕對不想與之為敵。

之後我又穿過了不知幾個房間。

「結花！」

出現在該處的是身陷絕境的結花。巨大的人型岩塊正朝著結花步步進逼。

該說是絕命的危機吧。

我拿出全速趕向她，但是那巨拳已經殘酷地朝她揮落。

拳頭越來越近，越來越靠近結花。

思考往不好的方向傾斜。該不會已經來不及了？不，應該勉強能趕上。不，好像趕不上了。

不對，趕不上也要趕上。

就在這瞬間，石人偶揮落的拳頭變慢。

不知為何，石人偶的動作變成了慢動作。是因為腎上腺素大量分泌嗎？還是因為石人偶發現了讓它在意的事物，使得行動變慢了？

不，現在沒空思考這些事。既然動作變慢，這就是大好機會。趁現在快點跑向石人偶，沒有其他選擇。

快跑啊！

震耳欲聾的轟然巨響充斥周遭。

我自己也嚇到了，沒想到竟然趕上了。是因為「絕處逢生」的技能生效了嗎？

我用第三隻手全力毆打那怪物後，扭轉全身用第四隻手接連毆擊，隨後拔刀。

雖然發出巨大鐵鎚敲打石塊般的聲響，卻無法斬斷那傢伙。不過石人偶並未吸收衝擊力道，飛了出去並撞上房間牆面。

很遺憾，那傢伙立刻就爬起來，看起來毫髮無傷。

我將視線轉向結花，她只是愣愣地看著我。最後寫在她臉上的字眼化為自口中說出的言語。

「……瀧音，同學？」

她的全身看起來慘不忍睹，有些部位紅腫，有些部位有割傷，衣物也破破爛爛，而且內褲同樣是白色。看起來被打得很慘。

結花大概被這傢伙逼入絕境了，也感受到絕望了吧。

我想讓這樣的她安心，所以笑著對她說：

「我不是說過嗎？我會衝過來。」

——結花視角——

我突然發現自己置身於一片漆黑的世界中，虛脫般漂浮在水面上。

我也不知道為什麼會處於這種狀況，不過又覺得在這地方是理所當然的情境。

這時我聽見一名少女的說話聲。我轉頭定睛一看，那女孩頭戴偌大的草帽，正活潑地奔跑。

更仔細地觀察，我發現那就是我。小時候的我。那臉龐和髮型，越看越像我。看著那身影，我突然回憶起父親對我說過的話。

『妳和媽媽非常像。』

我和母親好像非常相像。

不過在我懂事的時候，母親就已經過世了，我對母親幾乎一無所知。然而母親留下了照片，照片上的母親非常漂亮，看起來很溫柔。

我印象特別深刻的是向日葵花田中的照片。那位女性站在色彩鮮豔、爭相綻放的無數向日葵前方，手按著草帽，面露不輸給背景花朵的燦爛笑容。父親說，那身影與我很相似。

『媽媽是個很了不起的人喔。』

父親總是對我這麼說。

父親說她運動全能，而且非常擅長聖魔法，兩人相遇的契機也是因為母親為父親治療傷勢。

而我繼承了母親的血脈，從小就很擅長聖屬性魔法，而且最拿手的就是恢復魔法。父親在稱讚我的同時，也叮嚀我不可以輕易在別人眼前使用聖屬性魔法。

我在小時候曾問：「為什麼？」

我記得當時父親回答我：「因為也許會被壞人抓走。」但更深刻地烙印在我記憶中的是當天夜裡父親一邊喝酒一邊抱頭呢喃「我到底該怎麼辦？」的身影。

也許是因為該做的事情比人多，也許是該想的事情比人多，我似乎比其他孩子更聰明。而且因為童年時有段時期被其他孩童排擠，對人的心情特別敏感。我會變成這種八面玲瓏的個性，大概也是那段時期的影響。

我們會從母親的故鄉法國搬到父親的故鄉和國，不只是因為母親過世，顧慮到我的處境也是原因之一吧。多虧如此，我不再遭到排擠，也交到了朋友。父親提起再婚的想法也是在這個時候。

第一次見到哥，是在父親提起再婚不久前的事……那時我十歲。

哥的個性比起現在更加內向，已經懂得使用各種魔法，愛吃甜食，而且非常溫柔。所以那時我總是對他頤指氣使。

若要舉出當時哥哥的缺點，那就是不擅表達自己的主見，容易聽從他人的指使，再加上只要我拜託就不會拒絕這一點吧。

而我對新的母親也沒有不滿。

她對我視如己出，有時嚴厲有時溫柔，懷著愛對待我。而且她似乎相當擅長魔法，曾經為我和哥指點魔法。

因為哥有如海綿般不斷吸收許多魔法，不願服輸的我也努力練習魔法。

事情就發生在這段幸福的生活中。

我被人綁架了。

當時的記憶仍然十分鮮明。邪神教的信徒好像想把我當作活祭品，因此擄走了我。

因為邪神教的信徒四處抓聖魔法的使用者，大概是見到我使用聖魔法就擄走我吧。

恰巧哥當時也在場，他擋在我面前，想要保護我。但是哥被信徒揮拳打飛，我則被那男人拖走了。

我就這麼被那男人帶到某個地方，裡面除了我之外還有好幾個人。年紀最大到三十來歲，年幼的甚至比我還要小。在那地方，有個年紀稍微比我大的女性為我打氣。

別擔心，一定會有人來救我們，要耐心地等。我雖然第一次見到那個人，卻有種似曾相識的感覺。

我記得我聽見其他人的哭聲而覺得非常不安。他人的不安似乎非常容易擴散，哭泣的人一個接一個增加了。

在我也要哭出來的時候，那姊姊把手擺到我頭上，對我說：

我來為妳預言。妳會得救的。將來會發生很多事，但是不用擔心。

相信並尋找希望，這樣肯定能看見一線曙光。

聽她這麼說，讓我重拾勇氣。

之後我們被帶到其他地方，被迫坐在很大的魔法陣上頭。

邪神教信徒發動魔法後，底下的魔法陣啟動，力量不斷被吸走，我越來越想睡。

當時的事情，我大略還記得。

感覺並不痛苦。雖然隱約知道「自己會就這樣閉上眼睛之後死掉」，也有了心理準備，但是不管怎麼等，都等不到死亡造訪。

就在這時，一雙很大的手包住了我。

我的睡意來到極限，之後的事情就記不清楚了。

我只記得有個人說：「我不是說過了嗎？」還有那寬廣又帥氣的背影。

接下來我恢復意識時，哥和義母在我面前嚎啕大哭。

哥好像跑來救我，卻沒幫上任何忙，反倒差點丟了性命，在千鈞一髮之際受到魔法劍士搭救。

也因此在這之後，哥對當時救了我們的魔法劍士心懷憧憬，開始努力在劍、魔法與學業上努力。

我則是為了保護自己，同時也為了不想輸給哥而開始習武。因為我個性不服輸，真的付出不少努力。

所以哥會開始鍛鍊的契機是我被抓了吧。

對喔，我被人抓了……被抓了…………………！

穿著制服的某種東西，伸出手把我拖進了轉移魔法陣……？

「！」

背部傳來的痛楚讓我恢復意識。

想要起身卻使不上力。劇痛傳過手臂和腹部，讓我難以動彈。

強忍著痛楚硬是撐起身體，掃視四周。

這是個圖書館般的場所，而且不是學園內的圖書館。看來我似乎被放在地上。

衣物的右邊袖子和腹部有一部分破了，手臂和腹部都有利刃劃過般的撕裂傷，正流著血。

我一面詠唱恢復魔法，一面看向前方。

在該處有個身穿學園制服但並非人類的身影正緩步遠離我。

從剛才背部的衝擊力道推測，我大概是被搬到這邊後扔在地上？

看著漸行漸遠的那傢伙，我漸漸回憶起剛才發生的事。

對喔。我剛才就是被那傢伙拖進魔法陣裡，然後……被帶到這地方。

我仔細凝視著逐漸遠離我的那身影。輪廓確實近似於人類或獸人，但是有一顆羊一般的頭，拖著蛇的尾巴，手上有重重的皺褶，指尖長著又長又尖的爪子，而且爪子尖端仍滴著鮮紅的血液。

那毫無疑問就是惡魔。

一本書飄浮在惡魔前方，書的另一側飄浮著黑色的圓形球體。球體下方有個大魔法陣，魔法陣正發出嗶哩嗶哩的聲響，散發著光芒。

惡魔緩緩將滴著血的爪子靠近飄浮的書本。

嗡────────！發出刺耳的聲響，爪子和書本之間那層防護罩般的障壁漸漸被撕裂。爪子觸及那本書的同時，刺進其中。

書被那條手臂貫穿，黑球下方的魔法陣發出電流般的啪嘰聲，頓時消失。

我懂了，那本書就是用來封印那顆球體吧。

黑球發出沉重的巨響，墜落在地上。

緊接著，那顆球體竟然柔軟地扭動，漸漸轉變為怪異的形狀。

我對自己施展完恢復魔法，看向那謎樣物體，一定要逃離此處的念頭更加強烈了。

我立刻使魔力活性化，觀察四周。看來我似乎正在距離通道有點遠的位置，而且手無寸鐵。

惡魔突然轉過頭來。

「醒了啊？」

語畢，那傢伙擺出不懷好意的笑，朝我靠近。

「找妳找得好苦啊。做了些試探後發現妳突然不見蹤影，讓我確信的同時非常驚訝。費了這番工夫走過這麼多國家，也算有了回報。」

我聽完回想起在素盞嗚武術學園的事件。這傢伙大概就是我的跟蹤狂吧？

「那麼，前往下一個封印的場所吧。」

惡魔如此說著，朝我走來，我緩緩後退。雖然不懂惡魔的用意，但我絕不能跟去。

「勸妳還是聽話比較好。妳也不想吃苦頭吧？」

有辦法逃走嗎？雖然找到了通道般的地方，但距離頗遠。

護手……現在不在身上。有那個的話應該能再多發揮一些戰力，既然沒有，也無法奢求。

突然間我從惡魔背後感覺到龐大的魔力，注意力轉向該處。

看來惡魔也有同樣的感受，轉身向後。

「嗚啊！」

就在同時，銳利的冰錐刺中了那個惡魔。冰錐不只一根，十根左右的冰錐朝著我們飛來。

我立刻把惡魔當作盾牌，閃過那些冰錐。那惡魔不知喊叫著什麼，大概在第四根冰錐刺穿它的身軀時，全身變為魔素。

我搞不清楚狀況，目前只知道我陷入大危機。

就算想逃，距離出口還有段距離。如果我背對惡魔逃走，在下一波魔法朝我射來的時候，我只會變成標靶。

那要戰鬥嗎？

我使魔力活性化，施展身體強化。在那史萊姆般的傢伙開始詠唱魔法的時候，我也拔腿朝那傢伙衝去。

我讓自己逼近到極限，以施加了身體強化的手臂揮出上鉤拳，然後朝著浮在空中的軀體轟出直拳。

漂亮的直擊——我這麼以為。

紮實的手感，那傢伙也飛了出去。

「很好…………咦？啥？」

但是那傢伙墜落到地面並猛然彈跳，身體在半空中柔軟變形。這回變成了野獸般的模樣，輕盈落地。

魔法陣立刻浮現，四片綠色利刃從中飛向我。

「！」

雖然勉強躲過，利刃掠過制服，劃出瀧音同學見到了應該會很開心的破口。

「咦？這真的不是唬人的？」

我愣愣地注視著那頭野獸。我的攻擊對那傢伙似乎完全沒效果。而且還會變形？見到變形後用四條腿站立的它，我不由得想吐。

那到底是什麼啊？

我真想這樣問，因為太奇怪了。剛才形狀明明還像是史萊姆，現在已經完全變成狼的模樣。舉動也與剛才完全不同，伺機而動的姿態有如貓科動物。

那傢伙突然向旁邊跳開，自視野中消失。隨後發揮之前從未展現的速度，直朝我這邊撲來，利爪隨之伸向我。

「好險！」

千鈞一髮。銳利的爪子在我的大腿上畫出一道細線，但僅止如此，不會對動作造成影響。

我趁機踢向那頭野獸，但是和剛才同樣的現象再度發生。

「明明確實擊中了，看起來卻完全沒有起作用耶。」

我立刻與被踢飛的野獸拉開距離，觀察變化。

果然一樣不起作用，形體立刻再度瓦解，這次化為巨大的蜥蜴。那身軀大得足以把整個人吞下肚，但動作比狼型遲緩。

那傢伙直瞪著我，緩緩張開嘴。那張嘴裡似乎沒有體液，取而代之的是魔法陣在口中浮現。

我朝側邊跳躍的同時，無數火球自蜥蜴口中飛向我。我立刻專心於閃避火球，但也只成功閃過火球。

蜥蜴趁機靠近到我身旁，我閃過了咬向我的大嘴，整個人卻猛然飛了出去。

「咦？」

當我回過神來，發現自己正癱坐在地。

三半規管似乎失常了，眼前一片天旋地轉，無法看見敵人的正確位置。

「啊啊，應該是尾巴？」

大概是尾巴從視野死角掃了過來。我還以為自己的腦子被打飛了。

已經被打中才這樣想也許太遲了，不過我實在不可以被那一擊打中。

只見那隻蜥蜴再度張大了嘴，漸漸地改變形體。這回是魔偶般的模樣。那傢伙動作緩慢，發出沉重腳步聲，緩緩朝我這邊走來。

我覺得稍微理解了對方的特徵。

對方可以在數種型態之間變形，每種型態都有其特色吧。狼型是速度，蜥蜴則是平均，史萊姆型是魔法和柔軟性，而現在的魔偶型……

「大概是力氣…………非逃不可。」

腦袋的運作沒有問題，明白自己必須做到什麼事，但是身體跟不上思考。

啊啊，站不起來。

想起身的瞬間就失去平衡，再度跌坐在地。

魔偶站到我面前的瞬間，應該是我的思考運轉最快的時候。

我大概會死在這裡吧。

當我一想到這裡，許多思緒浮現腦海。

瀧音同學。

找他出來之後就這樣放他鴿子了。

待在瀧音同學身邊的時候，不知為何覺得很安心。

是為什麼呢？

我原本一點也沒想過要坦白跟蹤狂的事情，卻全都說出口了。

爸爸、媽媽（義母）。

我都還沒報答兩人啊，之前明明造成那麼大的麻煩。

因為霸凌和搬家等等。

其實，我好幾次看到爸爸在夜裡一個人喝酒，表情痛苦地哭泣。

我要是能多盡些孝道就好了，對不起，最後什麼也沒做到。

被綁架那次也給媽帶來了很多麻煩。

媽和哥一起緊緊抱住我的時候，感覺真的好溫暖，我都記得很清楚。之前還聊到要一起去溫泉旅行，早知道就早點去了。

哥。

也給哥添了很多麻煩啊。

真的一直一直造成麻煩。

因為我只要撒嬌，哥就會苦笑著說「真拿妳沒辦法」，不管什麼事都為我做嘛。

對爸爸已經造成太多麻煩了，我沒辦法再向爸爸撒嬌，於是讓哥代為承擔。真的很謝謝哥。

不過戰鬥一次都還沒輸給哥。雖然哥近來好像實力突飛猛進，這下子哥也沒機會贏回來了。不好意思喔。

拳頭緩緩搥向我。啊啊，會死——

轟隆巨響響徹周遭，但是石魔偶揮落的拳頭遲遲不來。豈止如此，魔偶從我眼前消失了。

取而代之的是披著偌大紅披肩的男性背影。

那是一片非常帥氣的背影。

他把臉轉向我這邊，嘴角浮現笑容。

「我不是說過嗎？我會衝過來。」

那模樣就像小孩子突然愣住般，眼睛睜得圓滾滾，半張著嘴巴，神情呆愣。結花現在這張臉有點傻呼呼的，十分可愛。

不過她的眼睛泛著淚光，一顆淚珠滑過臉頰留下一道痕跡。結花也沒有擦拭自己的臉頰，只是一直盯著我。

「騙人的吧？……這是幻覺吧？」

「是本人啦。這種帥哥還有其他人嗎？」

我用拇指指向自己，模仿貝尼特卿眨了眼。語氣之所以誇張做作，是打算紓解氣氛。不過結花似乎非常混亂而沒有吐槽，讓我變得單純只是個怪人。

「為什麼……」

「妳問為什麼？這也不需要什麼理由吧？」

我展開披肩，用空出來的手攔腰橫抱結花。

在我後方，身軀變形為史萊姆型的「魔石涅」正要發動魔法。

見到好幾條冰刃凌空飛來，那應該是冰屬性中級魔法「冰錐之雨」。

「打個比方。」

我立刻攤開第三隻手，一面彈開飛向我們的冰刃一面開始移動。

「呀啊！」

「朋友被擄走了。這樣一來，該做的事情不是很明白嗎？」

這招魔法我之前請學姊施展過好幾次。基本上只能從發動地點直線射向目標，同時也會持續發射一段時間。要一直待在原地防禦也沒問題，以發動地點為中心畫弧般移動也能閃避。

既然知道冰錐的發射方向，閃避起來就很容易了。

逃出攻擊範圍後，我立刻回敬一顆風系陣刻魔石。

自陣刻魔石產生的風之刃確實擊中魔石涅後，魔石涅痛苦萬分似的扭動身軀並使之變形，發出咻咻聲響。

結花愣愣地注視著魔石涅的反應。

「不好意思，突然把妳抱起來。」

「不會，那個，很謝謝你。」

結花的狀況似乎稍微恢復了。我用披肩擋住飛向我的石彈。這次的是土屬性中級的「鐘乳石機槍」吧。

結花用自己的雙腳閃避，我見狀也理解到她算是已經恢復冷靜了。

怪物的攻擊結束後，結花突然小聲低語：

「你為什麼來了啊？」

聲音聽起來泫然欲泣。

「你來這個地方，我真的很高興。不過……請快點逃走。真的贏不了那傢伙。」

結花好不容易擠出這句話。

「那傢伙很強。攻擊會失效，打中了也完全不起作用。」

見到結花態度怯懦，我刻意誇張地哈哈大笑。

「怎麼啦，不像妳的作風喔。聽好了，這種時候妳應該說『我又沒叫你來救我，差點就要贏了』或是『大哥哥快讓開！我殺不了那傢伙！』就對了。」

「……我既不是傲嬌，也不是病嬌，更何況瀧音同學又不是我哥。」

「結花，妳現在思考混亂，深呼吸後仔細想想。我可是伊織大哥哥的朋友喔，既然這樣，我也是大哥哥嘛。心之大哥哥。」

「……啥？該深呼吸的是講話顛三倒四的瀧音同學吧？先看清楚現況再說話。」

也許事實真如她所說。我先用披肩擋下飛過來的火球，兩人一起深呼吸。

我暫且重設思考之後，首先想到的是——

「早點結束這場戰鬥，一起去吃頓飯吧。沒辦法，畢竟昨天發生過那種事。我會請客的。」

「瀧音同學果真沒看清現實吧？」

「不，我看得很清楚啊。妳仔細想想，敵人看起來那麼弱，再看看我，擺明了就是會贏。再加上有妳跟著我，自然只有完全勝利。」

「可是……」

「沒有什麼好可是的。妳大概以為對那傢伙無法造成傷害，但實際上並非如此。它確實受傷了，這點不會錯。」

「咦？」

「妳在旁邊仔細看。」

我將披肩的強化改為水屬性。把結花留在原地，自己朝著魔石涅衝去。

變形為蜥蜴型的魔石涅見到我靠近，張嘴朝我噴吐火球。我用披肩硬是從正面突破之後，用第三隻手防禦朝我掃過來的尾巴。

當我站到怪物的正面時，腦海中回憶起剛才見到的結花臉龐，朝蜥蜴的側臉使勁揮出第四隻手。

「喝啊啊啊啊啊！」

那傢伙猛然飛了出去，身軀在扭曲變形的同時發出咻咻聲響。

「為、為什麼？」

我聽見結花大惑不解的反應。我站到結花面前，變形結束後的魔石涅射來的石彈被我彈開。

「那傢伙是必須用很麻煩的方法才能打倒的怪物，雖然外表是那模樣，其實是一種史萊姆。」

「那是史萊姆？話說，你怎麼會知道？」

我當然知道，我曾經身兼魔探界的資料庫。我真想為她詳盡解說到令人不禁退避三舍的程度，不過——

「雖然有很多話想說，現在不方便，我就簡潔解釋。」

我一面說一面觀察那傢伙的動靜。下一波魔法還沒來。

「那傢伙每次讓身體變形，弱點屬性都會改變。弱點之外的攻擊對它功效雖弱，但也不是完全沒用。只是它的體力多到不針對弱點就無法打倒的程度。」

「簡單說就是要用弱點屬性攻擊？」

「沒錯。所以找出它的弱點非常重要。」

如果不知道這一點就與之交手，想必會導致悲劇。

「但是要怎麼找才好……該不會……？」

「沒錯，其實那些型態的弱點很容易分辨。從型態或使用的魔法判斷就好。」

對使用火魔法的蜥蜴就要用水魔法；對使用水魔法的史萊姆就要用風魔法；對使用風魔法的狼型要使用土魔法；對使用土魔法的魔偶則是用火魔法。

聽了我的解釋後，結花的動作相當俐落。她讓火焰環繞手臂，朝著史萊姆型的怪物突擊，拳頭直刺發動在即的魔法陣。

那拳頭先是破壞魔法陣，隨即擊中魔石涅。見到魔石涅一面痛苦掙扎一面發出咻咻聲響，結花再度刺出直拳，但對方靠著變形閃躲。

看到對方的型態，我也切換強化魔法的屬性後毆擊。雖然稍微失手而受傷，結花立刻為我施展恢復魔法治療。

「要是這樣就能搞定，那就輕鬆多了。」

同樣的步驟重複好幾次，必勝法則浮現的時候。

對方變化為與之前都不同的形態。

該說是體型消瘦的魔偶吧？身體雖然是人型，頭上卻頂著羊角，背上長出了黑色翅膀，而且右手握著漆黑的長劍。

「瀧音同學，這傢伙的弱點是什麼？」

因為位在一段距離外，結花對我大喊。

同一時間，魔石涅展開行動。啊啊，光看環繞身旁的魔力就知道，這傢伙很危險。只用單邊披肩肯定不夠，一定要將左右披肩重疊起來才能防禦吧。

長劍朝我劈落。第三、第四隻手在面前展開，刺耳的轟然巨響充斥周遭。

那是和貝尼特卿接下泰坦的大砍刀時同等的巨響。

「弱點……是暗屬性之外全部。」

魔石涅的攻擊讓我全身感到一陣陣的震動。我在思考接下來該怎麼辦的時候，一條腿闖進視野。

啊啊，糟糕，超級快的踢擊來了……！

「唔呃！」

「瀧音同學！」

我連忙用手臂招架，但威力超乎想像。

結花的恢復魔法立刻施加於我。啊，真是感激不盡。那衝擊力強得我還以為手臂會折斷、內臟會從身體裡蹦出來。

啊，血好像噴出來了。

「結花，妳小心點！現在的惡魔型處於增加了許多弱點，但是所有能力大幅上升的失控狀態！」

該說是背水一戰吧。陷入危機的那傢伙放棄防禦，將所有能力集中於攻擊上。

這回它似乎把目標轉向使用恢復魔法的結花，揮劍朝她劈落。結花以側跳閃躲，但受傷只是遲早的事。

我立刻介入兩者之間，架開攻擊。

那攻擊力高得不容小覷。萬一從正面接下那股力道，我恐怕會被劈成兩半吧。

「瀧音同學剛才不是說這傢伙看起來很弱嗎？到底是哪裡弱了！」

被發現了啊。坦白說吧，對方實力遠在我之上。畢竟它是在遊戲中期才會遭遇的敵人，卻得在這個當下交手。

如果只有我一個人，我毫無疑問會逃走。為什麼非得和這種強敵交手不可？死亡的危險性高得嚇死人，卻只能拿到稍多的經驗值以及有替代性的道具，有誰想要啊？不，我一點興趣也沒有。

不過結花在這裡，就另當別論。

應付攻勢，化解了一波還有下一波。同時不時找機會出手攻擊。

現在的魔石涅的能力大概等同於失控的伊卡洛斯，或者更凌駕其上。

面對這種敵人我有辦法獲勝嗎？這還用說，當然能贏。因為現在的我——

「是不是忘記我了？全身都是破綻！」

可不是一個人。

萬一遭受攻擊還有結花幫我治療。結花陷入危機時，由我代為接招。看準時機彼此聯手。

彼此默契好得讓我覺得好像多出另一個自己。

腦海中完全不擔心敗北。

魔石涅大概是感到焦急，大動作高舉黑暗之劍後就要直劈。但是結花的上鉤拳打斷了它的動作，緊接著她呼喚我。

「瀧音同學！」

「交給我！」

結花的攻擊使魔石涅手臂下垂，身軀則浮在半空。無法防禦也無法閃避。

絕對不能放過這個機會。

我衝到結花前方，猛然踏出一步。緊接著解放累積的魔力，拔刀。

刀尖應當描繪的軌跡已經映於眼中。

接下來只要讓刀光沿線奔馳即可。

結花看著漸漸變為魔素的那傢伙，喚了我：

「欸，瀧音同學。」

「幹嘛？」

「今天真的很謝謝你。還有……」

「還有？」

她的臉轉向我。

「今天我會從菜單頭點到菜單尾，請做好心理準備。」

語畢，她面露燦爛的笑容。

愣住的結花是很可愛沒錯，不過最可愛的果然還是笑著的結花。

擊倒魔石涅之後，我們馬上就和紫苑學姊他們會合。他們似乎還見到了最後那段戰鬥場面，大肆稱讚我們竟然能擊倒那怪物。

受到稱讚雖然讓人開心，但是既然趕到了，真希望你們能乾脆出手幫忙。當然我沒有說出口，而是誠摯道謝。不過貝尼特卿面露別有用意的笑容說：「還是先跟你道歉吧，不好意思。」我也不明白他的意思。

此外，紫苑學姊似乎非常中意結花，約好在幾天後見面。

之後我和結花便精神飽滿地飽餐一頓……當然沒有這回事。

我、結花、卿和紫苑學姊，所有人都疲憊不堪。對來到迷宮前方的姊姊等人說明狀況後，體力就來到極限了。

讓一度遭擄的結花今天就回宿舍實在教人不忍心——因為毬乃小姐這麼一句話，她今晚便住在花邑家。

我們吃了晚餐後倒頭就睡，恢復意識時太陽已經高掛天空。

奈奈美對於我沒找她一起進迷宮救援結花這件事似乎稍微無法諒解，嘴裡叨唸著「其實我一點也不擔心主人啦」還有「居然拋下我，真是好膽量」之類的話，害我必須用運轉還不靈活的腦袋吐槽。

一大早妳就在逼我幹什麼啊——雖然我想這麼抱怨，最後還是算了。

因為奈奈美似乎真的非常擔心，聽說她差點就獨自一人衝進迷宮了。

我走下樓梯來到客廳時，看起來才剛醒來的結花也在客廳。

沒綁頭髮的結花揉著惺忪睡眼。

在這之後我們整理儀容，時間也過了正午，她給了我一句：「沒忘記要請客吧？」我的臉上大概忍不住浮現了「現在？感覺有點麻煩耶」的表情。

不過當她提起「跑步機」，我也只能回答她：「好的，我很樂意。」

「呼～～！真～～的超好吃耶！瀧音同學！」

在燦爛耀眼的太陽下，我阻止了結花真的從菜單頭點到菜單尾之後，在店門外的露天座位優雅地享受午餐。

「翹課吃我請的大餐，想必吃起來非常美味吧。」

「我才沒有翹課，今天不算翹課！」

結花這麼說著，把義大利麵送進口中。

毬乃小姐的確說過今天特別視作出席，因此真的不算翹課吧。不過在大家上課的時間像這樣享用午餐，還是有種翹課的氣氛。

吃完午餐，當我們喝飯後咖啡時，結花突然用認真的語調對我說：

「瀧音同學……真的很謝謝你。」

「喔，有吃飽就好啦。」

從語調我大致明白那是真心話，但我決定這麼說並簡單帶過。我不希望她太介意。況且聽她當面這樣說，我也會不好意思。

「不是這樣，不是這個意思。」

但是結花似乎想確實傳達。

「我的意思是，真的很謝謝你來救我。你其實在裝傻吧？」

我故意撇開臉，視線看向斜上方。結花面露苦笑。

「那時候我真的以為自己死定了，爸媽和哥的臉龐像跑馬燈一樣閃過腦海。明明還有很多事情想做，卻什麼也做不到……我只想著不願意就這樣死掉。所以，真的很謝謝你。」

「……笨蛋，別放在心上。」

「我會放在心上，當然會。你要我怎麼能不放在心上啊？況且……」

「況且？」

「下次瀧音同學遇到麻煩的時候，請儘管找我，換我來幫你。」

「妳這樣講真的好嗎？在一部分學園生的傳聞中，我是個迷宮狂人，這其實是真的。我會拉妳一起去危險的迷宮喔。」

「好啊，我會去，如果我能幫上忙。反正萬一有什麼危險──」

她說到這裡，由下往上看向我說：

「瀧音同學會保護我吧？」

「……這是當然啊。」

那並非平常的笑容，而是有點不自在又有點害臊的微笑。

「欸，瀧音同學。」

「怎麼啦？」

「那個，雖然羞得難以啟齒……那時瀧音同學的背影──」

「瀧～～～～～音～～～～～幸～～～～～助～～～～～」

足以蓋過結花話語聲的吶喊傳到耳畔，有位女性以怒濤之勢奔向店內。

『這次不會讓你逃走了～～～～～～～～～！瀧音幸助到底在哪裡！你快告訴我！』

店內傳出喊叫聲。

啊，大事不妙。不知道為什麼，對方的憤怒值已經累積到大爆炸了。為什麼會出現在這種地方？我真的不知道為什麼加比會來到這裡——

「結花……我們快走。」

結花聽見突如其來的喊叫聲而納悶，我催促著她，同時把錢放在桌上。

我站起身，彎下腰，躡手躡腳地打算逃走，但是她在我們逃離之前走出店門口。

「找、找到你了！終於啊，終於讓我找到你了——！」

結花的視線轉向聲音來源。我連看都不用看，光聽聲音就知道她是誰。為什麼會在這個時間點呢？不，或許該說終於現身了吧？

我原本就認為她會找上門，可能性和成人遊戲的青梅竹馬女主角其實是處女的機率一樣高。

我和結花一起轉過頭，站在那裡的不出所料就是她。

那頭金髮的色澤比琉迪偏黃，而且頭髮有如鑽頭螺旋打轉，這就是她的招牌髮型。

另外，大概是因為怒火攻心，身體正微微顫抖。

「平常總是不知躲到哪裡，今天也一樣，竟然躲在這種地方！」

「呃～～這裡是露天座位，不躲也不藏啊……」

雖然結花講的很有道理，但加比當然充耳不聞。啊～～連這種地方都和我認識的加比一樣。

若問我喜歡她或討厭她，答案是：她是我老婆。況且她這類千金角色雖然出現在不同遊戲中，每一個我都喜歡。我心中這樣的想法大概起源於某一款男扮女裝到女子學園就讀，還當選學年模範生（Elder Sister）的成人遊戲吧。

「嗚嗚～～在學園裡每次都找不到你……每一次、每一次都不在。每次聽說你來到學園，到教室也找不到人！」

對此我很抱歉。我確實很少到學園上課，加上找貝尼特卿幫忙跟加比溝通之前，我想盡可能避免撞見加比。話說，我完全忘記要拜託貝尼特卿了。

不過妳這種行徑是不是有點像跟蹤狂啊？

「完全沒去考試卻拿到一年級第一名……」

哎，總分採取這種計算方式，不能怪我就是了。

「況且拿到一年級第一名後竟然還加入式部會？肯定是使了卑鄙的手段！」

該怎麼說，也許是我事先就知道她會找上門，這番話實在很不講理，不過我一點也感覺不到壓力，心情平靜，甚至覺得這些嚴厲指控相當順耳。加比果然就該像這樣啊。

「而且居然連兄長大人都…………可惡！簡直無法接受！你真的惹我生氣了！」

……啊，這是貝尼特卿有所牽扯的狀況吧。更惹她生氣了，之後也許會收到寫「抱歉（笑臉）」的訊息。

「我……絕對、絕對不會原諒這種事！」

「呃，我真的沒有使詐啊。」

「少胡說八道！」

啊，現在她大概聽不進去吧。我在心中嘆息道，隨後把視線從氣憤至極的她挪向一旁的結花，觀察她的反應。

她臉上平常的笑容已經消失，似乎十分吃驚。哎，加比給人的衝擊力很強，這也是人之常情吧。

…………話說，這狀況真有意思。

已是式部會成員的我「瀧音幸助」。

日後可能加入式部會的貝尼特卿之妹「加比」。

以及視日後事件發展，可能加入三會任一會的主要女角，聖伊織的義妹「結花」。

沒想到和式部會有關的角色齊聚一堂。

「瀧音幸助！與我加布里埃拉‧伊凡吉利斯塔堂堂正正一決勝負！」

我思索著該如何回答的時候，結花像是代我回答般開口了：

「別、別激動嘛，伊凡吉利斯塔同學，先冷靜下來吧？」

「哎呀，妳是哪位？」

「初次見面，我是聖結花。話說，我不太能理解妳剛才的意思，請問究竟是怎麼一回事？」

「事情很簡單！妳旁邊那位男同學用卑鄙的手段得到了一年級第一名！」

哎，在考試當天跑進迷宮，從某種角度來看的確卑鄙，會讓人不禁想大喊：這樣也可以喔？

「哎呀，也許是卑鄙，不過可以請妳當成規則有漏洞，暫且網開一面嗎？下次開始大家都會進迷宮，目前的名次也會有明顯變動才對。屆時再對他還以顏色吧？」

如果她會就此收手就好了，不過她可是加比啊。

話說下次的排行，因為我以外的其他人會大幅成長，她的名次大概會更往下掉。如果加比拚了命努力攻略迷宮和準備考試，也許能贏過我吧。因為下次我也不會再搶第一名了。

這次計畫是將取得可能性之種與加入三會當作主軸來擬定，下次就算搶下第一名，能拿到的也只有道具和點數罷了。

在迷宮就能取得更有價值的道具了，為什麼要花費一星期去參加考試？簡直是浪費時間。

與其參加考試，把這幾天時間用來休息放鬆身心還比較有益。不過如果我加入的是風紀會或學生會，那又另當別論了。

「哎，因為下次是我會拿到第一名，這是當然嘛。」

很有加比風格的一句話。洋洋得意地輕易說出這種話，真是太棒了。順帶一提，幾乎每次都會輸掉這點我同樣很愛。

雖然她才剛發表會贏得第一名的宣言，不過不好意思，我猜下次第一名會是琉迪，或是和我一起進迷宮又認真準備考試的人。

然後應該是伊織他們吧？如果奈奈美認真應考，應該也能拿到第一名，不過只要我不去考試，想必她也不會應考吧。

追根究柢而言，她也許會說能否畢業對她根本無所謂。

哎，畢竟她會認真說出「將來在主人身邊永遠就職」這種話。因為她真是太可靠了，我希望她繼續待下去。

「不過！鑽漏洞這點還是無法原諒！更重要的是、最重要的是——！」

她平舉拿陽傘的手，直指向我。

「你試圖操控並利用兄長大人，唯獨這一點我絕——對無法原諒！」

……光聽她說的這些，這次大概是貝尼特卿引發的。遊戲中也有因為貝尼特卿的一句話就失控的事件，這次大概也類似吧？她和結花一樣，都是重度戀兄癖。

我覺得自己已然開悟的時候，結花在我耳邊輕聲呢喃：

「瀧音同學有什麼企圖嗎？」

「我哪有什麼企圖。我反而想問，我看起來像有企圖嗎……？」

我確實在思考加入式部會後該如何打響惡名，也討論過請式部卿伸出援手，不過那都是與式部會成員一起討論決定的，況且我根本沒想過要對貝尼特卿不利。

「妳是聖結花同學是吧？不要再待在這卑鄙小人的身邊，這會降低妳自己的格調。不過現在還來得及挽回。」

加比如此說完，結花歪過頭。

「瀧音同學真的是卑鄙小人嗎？他態度很紳士，實力高強，而且很溫柔喔。」

結花說完一把攬住我的手臂，微笑道。隨後她看向我，眨了眼。

啊～～好可愛。伊織有這麼可愛的妹妹喊他哥哥喔……？這世界會不會發生天崩地裂，讓她也開始叫我大哥哥啊？

加比看著我的臉，肩膀不停顫抖，最後像是難以忍受般噗哧笑道：

「噗、噗噗～～！哎呀，真是不好意思，我一時忍不住笑了。話說回來，噗噗，妳說他態度……紳、紳士——？」

哎，實力高低和溫柔與否先另當別論，我對自己的紳士度有自信，不過前面要冠上變態二字就是了。

話說回來，現在的狀況真是有夠不妙。加比真的好可愛啊，這世界會不會發生海陸顛倒般的奇蹟，讓她也開始叫我兄長大人？

「拜託妳就算要開玩笑，呵呵呵……也該有個限度！呵、呵呵，居然說這種人有紳士風範，看來結花同學過著相當悲慘的生活啊。」

大概是因為結花攬著我的手臂貼在我身旁，我才會聽到結花小聲說：「啥？」

隨後她越來越使勁抱著我的手臂。

我把所有注意力集中在手臂上，雖然尺寸不大但柔軟且有一點點硬度的…………呃，好痛好痛好痛好痛好痛好痛好痛好痛好痛好痛好痛好痛好痛好痛好痛！

「結、結花，冷靜點，先冷靜下來。」

我小聲這麼說，但結花看著捧腹大笑的加比，臉上帶著笑容，一動也不動。

「這個嘛～～我說妳啊～～想必很清楚式部會的內情吧？」

語氣！聲音變得很恐怖耶！

「哎呀，我家兄長大人可是式部卿喔，我當然很明白！對了對了，所謂的紳士就是我家兄長大人那種人！」

「啊，是這樣啊。那麼妳應該也略有所知吧？式部會其實有很～～多無法表明的祕密喔。」

「那當然～～我可是正式的一年級第一名，已經是三會的內定人選，所以我也知道不少結花同學無從得知的事。」

自然而然把自己擺到第一名，這也是加比的可愛之處。

「況且兄長大人根本不可能對我有所隱瞞。然而一提到瀧音幸助，兄長大人竟然那樣支吾其詞，而且我一批評你，還莫名其妙袒護。肯定是這男人私下耍了小手段！」

「哦～～也許妳哥只是因為妳戀兄太誇張才會支支吾吾喔。」

喂————————————！

「話說，妳哥好像是式部卿呢，從妳就看得出式部卿家教不怎麼樣嘛。還是早點辭職，把位子讓給瀧音同學比較好吧？」

等一下，結花同學！為、為什麼要故意挑釁！加比找上門來還在我的預料中，但是妳的反應完全出乎意料耶！還有手臂很痛！抱得越來越緊了！

「……我不會原諒任何人說兄長大人的壞話喔。」

「哎呀，只是看起來如此罷了。話說回來，原來伊凡吉利斯塔同學腦袋裡裝的都是紅豆餡呢，真是讓我好吃驚！」

啊啊啊啊啊啊啊啊！

「……給我道歉。」

「那妳先跟瀧音同學道歉。」

「我根本沒必要對他道歉。」

「那我也沒必要道歉啊～～」

等一下，這是什麼狀況？妳們兩個，魔力已經從身體滿出來了喔。在遊戲中，這兩人完全不曾彼此對立吧！而且因為同是戀兄角色，日後關係還算意氣相投，為什麼會變成這樣！

「……看來這裡有兩隻非打倒不可的蟲子啊。口無遮攔的蟲子。」

「嗯～～？妳在自我介紹嗎～～？而且這裡只有一隻蟲子喔。妳腦袋還正常嗎？啊，原本就是這樣喔？真是不好意思！」

誰來救救我……！誰來幫我解決這個狀況！還有幫我的手臂施展恢復魔法……

「……做好覺悟了？」

「這可是我的台詞，現在道歉的話，還可以考慮原諒妳。」

兩人的視線交錯，火花四濺。

我放棄掙扎，仰頭向天。啊～今天的天氣真好。

「結果發生了這種事啊。」

最後結花和加比並沒有當場交手，而是決定日後找機會一分高下。

「真是辛苦呢。」

我造訪毬乃小姐的房間後，她大方地迎接我入室。大概是正在工作，桌上擺了文件，飄浮在半空中的投影螢幕上畫著某些魔法陣和文字。

「是啊，真的很傷腦筋。」

毬乃小姐為我端出咖啡後，坐在沙發上。隨後端起她為自己泡的咖啡，喝了一口。

我先說了「謝謝毬乃小姐，我不客氣了」，喝了一口咖啡。咖啡帶著一股草莓果醬般的香氣。

咖啡特有的苦味在口中淡淡漾開後，苦澀頓時轉為酸味。

「很好喝，而且香氣很濃郁。」

「我很高興你喜歡。這是法國產的咖啡豆，我也很中意。你喜歡的話，分一些給你吧。」

「那就拜託了。」

「之後我再拿到你房間。要小心蒸煮的時間喔，太長或太短都無法引出香氣……話說，可以請你切入正題了嗎？」

「好的，一切拜託了。」

「不要告訴別人喔，其實我很忙。不過這是為了我最喜歡的小幸，才會暫且放下工作和你聊天喔。這樣分數高不高？」

「如果有瀧音分，也許拿到加分了。」

「哎呀～～♪」

她如此說著，用手捧著自己的臉頰，扭動身軀。真會裝可愛，未免太懂了。妳以為妳幾歲啊？這麼可愛當然有加分。

「不好意思。話說，你來找我有什麼事？」

「我有事情想問毬乃小姐。」

「嗯嗯，而且是相當認真的話題吧。聽你對我用敬語，總會讓我緊張起來呢。」

「就如毬乃小姐的推測，而且是相當重大的事。」

我覺得她大概不會回答，或者會對我說謊吧。

「有關毬乃小姐。」

「最多可以回答到三圍喔。」

「如果問我想知道還是不想知道，我的答案是我想正氣凜然地回答不想知道，卻又偷偷地想知道答案，不過跟這次話題無關。」

「呵呵呵，謝謝你。」

「這並不重要，我心中有個很大的疑問。」

那就是關於在遊戲版中幾乎不曾清楚說明的「花邑毬乃」。

「聽了結花說的話，我有種魚刺鯁在喉嚨般不對勁的感覺。」

「結花怎麼說？」

「關於轉學。所以我拜託路易賈老師調查有關轉學的事。」

「……原來如此。難怪她在調查平常絕對不會去注意的事情啊。」

根據我聽說的，轉學進月讀魔法學園的案例非常稀奇，而且在新學期開始後不久還沒有前例。然後——

「關於結花，聽說毬乃小姐相當強勢地建議她轉學。」

「小幸應該也知道吧？她的強悍與過人之處。」

「我知道，比三會會長、她的朋友，甚至比她的義兄伊織更清楚。」

連她本人不知道的祕密都知道。

「那小幸應該明白吧？讓那種有潛力的孩子待在素盞嗚武術學園實在太浪費了，在學園大會上也會成為強勁的對手。再者……」

「跟蹤狂的問題？」

「對啊，我想幫她一把。」

「想幫助她應該是真的，不過那是表面上的理由吧？」

「哦……？」

毬乃小姐看我的眼神變了。我有這種感受。

也許並沒有改變。事實上表情沒有任何變化，不過四周的氣氛變得凝重，我有種莫名的預感，如果不讓精神維持緊繃，房間就會柔軟地開始變形，最後把我擠扁。

「路易賈老師把日期時間和規則等等都調查清楚了。簡單說，這次的做法強硬得一般絕對不可能發生。而且抵達這城鎮之前，還偷偷派了護衛跟著她吧？」

「……為什麼你會知道保鑣的事？」

「不好意思，這只是我隨口胡說的。」

「唉。和小幸講話，心情就好像和國際級公司的總裁或是王族在談判桌上討價還價啊。」

毬乃小姐說完，將咖啡端到嘴邊。

「為什麼有必要做到這個地步？太過頭了。很難想像純粹出自表面上的理由，所以我覺得應該另有其他理由。」

沒錯，我猜想毬乃小姐也許知道。

但是我感到疑惑。為什麼她會知道？就連結花本人和義兄伊織都不知道的祕密，在遊戲中擔任重大伏筆的「那件事」。

奈奈美那次其實也一樣。

奈奈美身為迷宮女僕，在許多方面的談話都有限制，但不知為何毬乃小姐時常與她交談。所以我之前就認為她應該知道某些事，而且站在不可思議的立場上。

況且關於那位天使，也同樣令人費解。就毬乃小姐的立場來說，不可能對她一無所知。會在自己活動的場所準備其置身之處，難道不是因為她知道真相嗎？

疑問一個接一個萌生，所以我今天來問她。

不管毬乃小姐會對我有何想法，反正我已經做過太多無厘頭的事。不管她會怎麼想，要擔心已經太遲了。

「毬乃小姐知道有『怪異』的跟蹤狂在監視結花，於是連忙把她叫到這邊。」

是為了保護她？又或者是為了利用她？

「妳原本就知道吧，毬乃小姐？」

讓她轉學至此，這件事我很感激，因為這學園有我和伊織在。所以才能像這次保護她不受意圖利用她的血的傢伙們所害。

「『聖結花』和『初代聖女』有血緣關係。」

花邑毬乃一語不發。

只是面露平常的笑容注視著我。

所以那就是答案吧。

第十二章 那是成人遊戲的主角

Magical Explorer
Reincarnated as a Eroge Hero's Friend, I'll live freely with my Eroge knowledge.

已經到了換季的時期。

吹拂的風溫暖，日照炙熱，走在街上的人們衣物也日漸單薄。

因為披肩施加了冰屬性強化，其實不覺得有多熱，不過像橘子頭有時候會脫掉上衣，其他學園生也會擺手朝臉搧風。

「已經完全謝了啊。」

看向眼前這條道路，我嘆息道。

先前美麗妝點這條道路的櫻花行道樹似乎更早一步換季，換上了一身氣氛穩重的黃綠色彩。

嬌豔的櫻紅與花瓣飄落的櫻花人行道美得沒話說，但在櫻花完全凋謝後，現在這樣的純樸之美也別有魅力。暫且倚著樹幹仔細欣賞想必也有一番風情，不過很遺憾，約定好的時間已經逼近。

以眼角餘光掃視周遭，附近沒有別人。

考慮到上午課程在此時已經開始，這也是當然吧。不過對方指定的時間就是課程已經開始的當下。在約定好的地點，我已經見到那人的身影。

那人有一頭深色短髮，長相稱不上帥氣卻也不醜，有點可愛但不會引人注目。在這個氣溫越來越高的日子，依舊將學園制服穿得整整齊齊，手提學園建議的書包。

他像過去那樣看著已經關閉的校門，不過臉上沒有任何倉皇的神色。

「啊～～門都關了。」

我裝模作樣地這麼說道，靠近他並注視著校門。隨後轉身面對男主角。

「嗨，伊織。」

「早安，幸助。」

伊織笑著回答我。

「天氣越來越熱了耶。」

「是啊。幾天前我跟里菜、委員長跟橘子一起去吃冰了。」

「里菜？」

我別有用意地笑著，伊織苦笑道：

「之前里菜跟我說『不能輸給你』。那時候她就要我直呼她的名字。」

伊織被卡托麗娜認定為勁敵了吧。看來伊織的進步相當順利。因為她會提出這樣的要求，應該是她也承認伊織有那份實力。

「不過里菜也說不想輸給幸助喔，而且承認實力有差距。然後……」

不久，他短短嘆息，卻沒有把後半段說完。

「話說，關於今天找你來這邊，不好意思，在這種時間。」

「哎，我不介意啦。頂多就收到結花傳訊息來罵我『你怎麼翹課啊』。」

我翹課完全是常態啊。

我裝模作樣地聳了聳肩後，伊織苦笑道：

「我今天想找你聊的也包含那件事。」

語畢，伊織對我猛然低下頭。

「謝謝你。」

「沒什麼大不了的，不用放在心上。」

「就算你這樣覺得，還是謝謝你……你知道結花以前的事嗎？」

雖然知道，但沒聽誰提起過。

「我不曉得……對了，雖然和結花的事情無關，讓我問一個問題。」

如果要提這件事，還是讓結花親口解釋比較好吧，說不定結花也不想讓我知道。所以我換了個話題。

「要問什麼？」

「我猜啦，你是會在生日當天零時整點傳訊息的那種個性吧？」

伊織應該是個浪漫主義者，個性很重視紀念日或生日等，不然他也不會刻意挑這個時間叫我來。

「的確是這樣。我會挑時機和時間傳訊息。」

伊織輕笑。所以不管怎麼想，他找我攤明都和那件事有關。

「上午課程開始之後，校門前方。校門關上了，我和你。」

那時我們相遇了，之後幾個星期內一起行動。

這段期間，我們身上發生了多少事？

「自從我和你踏出那一步之後，我這邊發生了很多事啊。」

「我也是啊。」

唯獨這件事千真萬確，我們度過了一段令人眼花撩亂的時光，一路成長至今。其中大概有成功也有失敗。

「我啊，遇見瀧音的時候，起初非常驚訝。」

「這傢伙是怎樣？怎麼披那麼大一條披肩？是吧？」

「呵呵呵，披肩讓我吃驚沒錯，但我要說的是其他事。」

「你是指翻過校門結果被老師教訓的那件事？」

伊織愉快地笑道：

「我記得我記得。這件事也印象深刻，不過我不是要講這個。欸，幸助你應該有頭緒吧？」

當然。條件都這麼齊全了，我當然知道。

「在我還小的時候，曾經被捲入一樁小事件……不，那是上過新聞的大事件，當時有個人救了我。」

伊織面露懷念的神色，仰望天空。

「那時候，我對救我的那個人這麼想：啊～真的好帥氣啊，將來我也想變成那樣。因為那時我沒辦法親手保護家人。」

這就是結花過去遭遇的事件吧。不過因為我剛才拒絕主動提問，他才會改用這種說法。說到這裡，伊織低下頭。

「不過，光是心裡想還是有極限。」

「極限啊。」

他大概正回想起結花，也許正憶起她遭惡魔襲擊的事件。他垂下眼睛，咬緊了牙，握緊拳頭。

「對。不管我有多想救人，不管我做出什麼行動，如果實力和知識不足，還是什麼都辦不到。」

伊織緩緩鬆開手。

「那件事成了契機，我想要變得更強，在有人遭遇事件的時候能保護大家。」

聽伊織這麼說，我突然想起之前想過的事——他們已經和故事中的角色相去甚遠了。我之前就理解到了這件事。

這個世界在我看來是化為現實的遊戲世界，但這個世界中，每個人都有其人格與想法。

個性雖然和遊戲中大致相同，然而這個世界的眾人理所當然並非遊戲中的角色，而是活生生的人類。

他們和遊戲中不會完全相同，也會有所成長。也許會弱化，也有可能變強。伊織變強了，不只是實力，心靈也是。

「幸助，之前莫妮卡會長對我說了，要我加入學生會。」

莫妮卡會長之前就特別注意伊織，這提議大概是理所當然吧。我甚至覺得有些太晚了。

「我在那個當下，沒辦法立刻回答。」

「為什麼？」

「因為我懷疑現在的我就算加入了，真的能成為學生會的一員而有所貢獻嗎？」

「當然可以。從這一刻開始也行。」

「莫妮卡會長也這樣對我說，她還說——」

伊織輕吐一口氣。

「你想不想成為瀧音幸助？更正，你想不想超越瀧音幸助？」

「……那個人也真是的……」

「呵呵呵，她還說『想變強的話，學生會是最佳選擇』。此外，她和我聊了不少，多虧和會長交談，我也大概看清了我想成為的身影。」

「想成為的身影啊。」

「嗯。那個身影堅強又溫柔，常常對大家伸出援手，而且非常帥氣。所以我會為了靠近那個身影，加入學生會。」

他閉上眼睛，深吸一口氣。隨後他緩緩吐氣，睜開眼睛。

伊織身上發生什麼事了嗎？我能簡單猜想，但那只是猜想，並非確實如此。也許之後會有機會得知，也許只要開口問他，他就會告訴我。

「哈哈，哈哈哈哈……學生會啊，我覺得很適合伊織。看來我也不能太鬆懈。」

「嗯，你要做好心理準備喔。我會繼續向前，筆直前進。月讀學園迷宮三十層也不遠了。」

他眼中帶有堅定的意志，自身體滿溢而出的魔力強而有力。

我懂了。他大概步入了遊戲版魔探裡，玩家口中的「最初的成長期」了。

基礎能力提升，也習得了技能，道具漸漸齊全，開始能進入許多迷宮探險，大幅成長的條件已經湊齊。

爆發性強化的第一次成長馬上要來了。

「你知道我為什麼叫你來這裡嗎？」

聽他這麼問，我裝傻般聳了聳肩。

「我真的不曉得啊，話說已經開始上課了喔……」

「這件事我很抱歉，不過你也不會出席吧？」

我們兩人哈哈大笑。這傢伙越來越敢講了喔。

「我當然知道你為什麼叫我來。」

特地挑上午課程的時段，在沒有其他人的校門前方。他肯定和我心懷同樣的決意。

「那條路可不容易喔。因為有些傢伙會不擇手段，拚了命往上爬。」

至於那個人是誰，我不講你應該也明白吧？

「嗯，我明白啊。不過我還是想說出口，確實傳達。」

我已經能料到接下來伊織想說什麼了。他正試圖重現那一幕吧。他想正式接下我的挑戰書。

既然如此，我非做不可的事情是什麼？不，這問題是明知故問。

他放眼看向校舍。

「我來到這個學園還沒過太久，不過我覺得能來到這裡真是太好了。」

也許回憶湧現他的心頭，他仰望天空輕吐一口氣。

透過經歷種種事件和劇情，伊織變強的不只有能力，心靈也是。眼前的他不是平常的伊織，不是那個似乎不太可靠，有點可愛的伊織。不過這個伊織正是我認識的伊織，在遊戲中見慣了的那個伊織。

不管面對多強大的頭目，都會為了女主角挺身奮戰的男主角「聖伊織」。

「這裡有成長所需的最佳設施，也有為學生著想的老師。」

他感觸良多地說道：

「有許多可以信賴的最佳夥伴，也有用來測試實力變強的自己的最佳舞台（迷宮）。最重要的是……」

伊織說到這裡暫且停頓，看向我。

「有目標，也有勁敵。」

我也必須回應他的意志，因此我將魔力注入披肩到極限後，任憑滿溢的魔力朝四周大量噴灑。

「幸助，我很快就會攻破四十層。不知道為什麼，我覺得自己應該能輕易辦到。」

之後我嘴角上揚一笑，低頭俯視伊織。伊織看到我的反應，表情也沒有改變。

他認真的眼神不允許我挪開視線。

「嗯，你還會變得更強吧。我敢預言，你會得到超乎想像的強大力量。」

「這次輪到我在這個地方宣言了。」

來吧，露出無所畏懼的笑容吧。因為我絕對不會輸給你。

「會在月讀學園成為世界最強的人……是我，聖伊織！」

後記

各位好，我是音訊全無的入栖。我還活著。

——致謝——

神奈月昇老師，真的非常謝謝您。我時時刻刻都在感謝您，這絕非玩笑話。

本次的插畫也非常棒。愛薇、櫻小姐、加比和橘子頭，一切的一切都棒極了！

我光是看見加比的草圖，就覺得好像聽見了她的高亢笑聲。真想被她喊兄長大人（心之聲）。

緋賀ゆかり老師，非常感謝您。不只將角色畫得那樣美麗，就連背景細節都萬分講究，散落在畫面各處的哏與玩心，再加上色情。

所有一切都太棒了。

如果有讀者還沒讀過本作的漫畫版，非常建議各位閱讀。真的是超水準的漫畫喔。

不只是主要角色，希望讀者也能多注意各位配角，簡直可愛到能當上主要角色！目前在《Young Ace UP》連載，敬請支持。

另外，因為漫畫版第一集的發售日逼近，這方面也希望各位讀者多加支持！在告知上也發表了，有豪華贈品！

みけおう老師，非常感謝您畫的煽情又可愛的結花。光是看了您送來的插畫，就讓妄想不停膨脹……！要是有這種妹妹早上叫我起床，就只能抱緊處理了，才沒空上學呢。

才幹洋溢的宮川編輯，一直以來真的給您添了許多麻煩。我能一直寫到現在，都是多虧宮川編輯的幫忙。如果沒有您，第四集也沒機會問世，真的非常謝謝您。

——告知——

漫畫版《魔探》第一集會於「2021年3月10日」發售。

至於贈品，似乎會有超知名聲優為琉迪配音，完成了教人興奮難耐的語音贈品。詳情請到推特上確認！

官方推特：https://twitter.com/Majieku_（@Majieku_）

敬請支持！

——其他、閒聊——

各位知道勇者鬥惡龍V嗎？這款遊戲非常有名，就算沒玩過的人應該也聽過吧。以前也拍過電影。

這款遊戲有個名為結婚的事件，能和結婚對象繼續推展故事。可選擇的女主角有兩位（重製版增加一位，變成三位），這在粉絲之間引發了激烈的論戰。

能結婚的對象有青梅竹馬比〇卡，以及千金小姐芙〇拉（結婚後可得到金錢和防具等贈品）。初次遊玩的玩家肯定會煩惱不已吧？但我甚至連煩惱的機會都沒有。

因為絕對無法違逆的神下達神諭。

姊姊：「因為我要選比〇卡，你就選芙〇拉。」

我：「…………（張口結舌）」

我只有選擇芙〇拉這條路可走。

坦白說，我比較喜歡青梅竹馬比〇卡。因為她可是年紀比較大的美人大姊姊，而且小時候還一起去幽靈城，歷經一段大冒險。不只因為念舊，當時還是小孩子的我對比〇卡有一份有些特別的感情。

但是我怎麼可能違逆姊姊呢？

那麼，我必須在此懺悔。

結婚後，剛開始就如大家所想像的，我非常不情願。為什麼我要和芙○拉結婚啊？為什麼要做些像是貴族結婚般的事？諸如此類。芙○拉想必也很不願意吧，真能和這種不重視自己的爛男人繼續冒險嗎？

但是芙○拉在結婚前還不忘記關心比○卡。為了穿戴破破爛爛的頭帶與披風，外表恐怕近乎流浪漢的主角，她也不惜賭上性命冒險。無論何時都關心著主角，無庸置疑是個良妻。

於是我痛改前非。她這樣盡心盡力扶持主角，我是怎麼對待她的？簡直是畢生的悔恨。順帶一提，入栖會喜歡上千金大小姐型的角色，她就是其中一個起因。換言之，就是我姊的錯。敬請期待下一集加比大小姐的表現。

話說，比○卡派會如此批評：開口閉口就是錢！錢！錢！身為騎士難道不覺得羞恥嗎！實際上姊姊也提過錢的問題，「能拿到錢和免費的防具，明明就很賺」等等，那妳為什麼要選比○卡啊？當然這問題就算撕了我的嘴也不能說。

但是我不是因為金錢才選。雖然有些人會認為金錢很重要，我也不會刻意批評這種想法。令人悲傷的是，現實中錢真的很重要。不過我就算拿不到錢也會選芙○拉，她的美妙之處可是多到啊頁數不夠了

入栖

雪音的頭髮可以放下
也能綁成馬尾，
有多種變化，
畫起來很開心。
神奈月昇

Next Scene

下集預告

Magical Explorer 5

「喔～～呵呵呵！做好俯首稱臣的心理準備了嗎？」

魔法★探險家

——Title
Magical Explorer

轉生為成人遊戲萬年男二又怎樣，我要活用遊戲知識自由生活

Reincarnated as a Eroge Hero's Friend, I'll live freely with my Eroge knowledge.

—Volume 5

敬請期待！

七魔劍支配天下 1~4 待續

作者：宇野朴人　插畫：ミユキルリア

最強魔法與劍術的戰鬥幻想故事第四集登場！
2020年《這本輕小說真厲害》文庫本部門第一名！

金伯利魔法學校再次迎來春天，奧利佛等人也升上二年級。照顧新生、新的課程和各自的修行，讓他們每天都忙得不可開交。有一天，他們決定去學園附近的魔法都市伽拉忒亞散心，一起吃喝玩樂，完全不知道那裡最近有危險的砍人魔出沒——

各 **NT$200~290/HK$67~97**

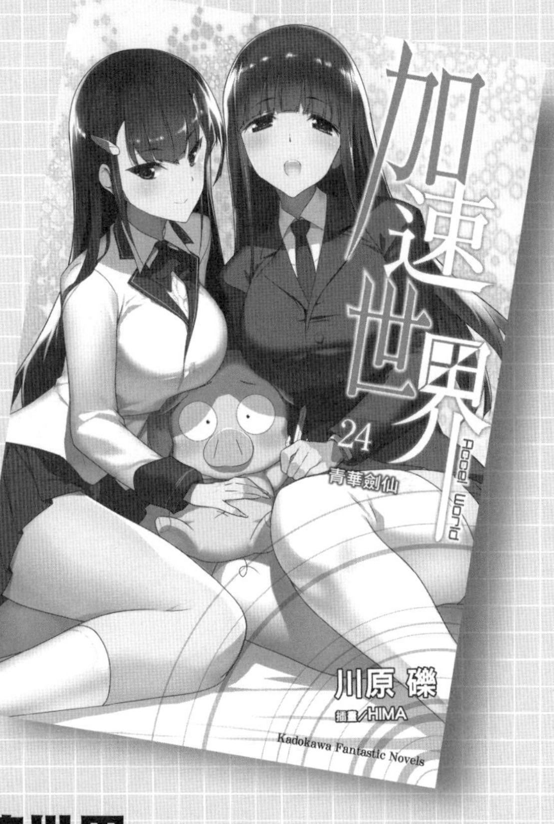

加速世界 1~24 待續

Kadokawa Fantastic Novels

作者：川原 礫　插畫：HIMA

攻略超強敵「太陽神印堤」！
神祕的「Omega流無遺劍」揭露神祕面紗！

打倒印堤與救出黑雪公主的關鍵——就是施加了強化，能讓印堤的「高熱傷害」無效的「輝明劍」。Silver Crow為了讓這無謀到極點的作戰成功，決心學會神祕的「Omega流無遺劍」。然而Omega流劍豪Centaurea Sentry的真面目，是第三代Chrome Disaster——

各 **NT$180~240/HK$50~68**

國家圖書館出版品預行編目資料

魔法★探險家 轉生為成人遊戲萬年男二又怎樣，我要活用遊戲知識自由生活 / 入栖作；陳士晉譯. -- 初版. -- 臺北市：臺灣角川股份有限公司，2021.07-

冊；　公分. -- (Kadokawa fantastic novels)

譯自：マジカル★エクスプローラー エロゲの友人キャラに転生したけど、ゲーム知識使って自由に生きる

ISBN 978-986-524-549-8(第3冊：平裝). --
ISBN 978-626-321-048-6(第4冊：平裝)

861.57　　　　110006100

Kadokawa
Fantastic
Novels

魔法★探險家 轉生為成人遊戲萬年男二又怎樣，我要活用遊戲知識自由生活 4

（原著名：マジカル★エクスプローラー　エロゲの友人キャラに転生したけど、ゲーム知識使って自由に生きる 4）

2021年12月20日　初版第1刷發行

作　　者：入栖
插　　畫：神奈月昇
譯　　者：陳士晉

發 行 人：岩崎剛人
總 編 輯：蔡佩芬
編　　輯：孫千棻
美術設計：李思穎
印　　務：李明修（主任）、張加恩（主任）、張凱棋

發 行 所：台灣角川股份有限公司
地　　址：104台北市中山區松江路223號3樓
電　　話：（02）2515-3000
傳　　真：（02）2515-0033
網　　址：www.kadokawa.com.tw
劃撥帳戶：台灣角川股份有限公司
劃撥帳號：19487412
法律顧問：有澤法律事務所
製　　版：尚騰印刷事業有限公司
I S B N：978-626-321-048-6